推しの敵に
なったので
2
Syuro Tokioka
土岐丘しゅろ
Chiho Shin-ishi
イラスト しんいし智歩
TOブックス

JN057682

紹介 —Characters—

救世の契り
——ネガ・メサイア——

▶指宿イブキ IBUKI Ibusuki

本作の主人公。コードネームは、<乖離>。
「推しの敵」に転生したのでこれ幸いとばかりに
最前線で陰ながらにヒナタたちを支えている。
見た目は胡散臭いイケメン、中身は生粋のオタク。

天稟【ルクス】《分離》
接触している二つの物体を分かち、離すことができる。

代償【アンブラ】促成展開型『接触』
他者と接し、触れることを強制させられる。

▶櫛引クシナ KUSHINA Kushibiki

【救世の契り】幹部【六使徒】第三席〈刹那〉。
イブキの直属の上司にして幼馴染。
抜けたところのあるイブキをいつも甲斐甲斐しく支えている。

天稟【ルクス】《???》

代償【アンブラ】『寿命消費』

▶馬喰ユイカ YUIKA Bakuro

Café・Manhattanの店主。強かで面倒見の良いお姉さん。

天稟【ルクス】《虚偽看破》
相手の嘘を見抜く。

代償【アンブラ】『虚偽強制』
自身の言葉に必ず嘘を交えなければならない。

▶化野ミオン MION Adashino

【救世の契り】幹部【六使徒】第四席〈紫煙〉。
妖艶で人を食ったような発言が多い。クシナとは犬猿の仲。

天稟【ルクス】《???》

代償【アンブラ】『???』

循守の白天秤

—プリム・リーブラ—

キャラクター

▶ 傍陽ヒナタ　HINATA Soehi

イブキの最推しにして原作『私の視た夢』の主人公。
明るく朗らか、ちょっと食いしん坊なところも
彼女の魅力である。
先日の桜邑襲撃の一件でイブキの正体を知る。

天稟【ルクス】《加速》
ヒナタ本人、もしくは物体の一瞬の加速を行う。

代償【アンブラ】促成展開型『飢餓』
食欲を満たすことを求められる。だが、最近……。

▶ 雨剣ルイ　RUI Utsurugi

原作『私の視た夢』のメインヒロインにしてヒナタの親友。
クールな振る舞いが多いが、ヒナタにはデレることも。
【救世の契り】ながらヒナタに近づくイブキを警戒している。

天稟【ルクス】《念動力》
自身の体重以下の物を自在に操る。

代償【アンブラ】常時展開型『魅了』
自分という存在に人の目を惹きつけてしまう。

▶ 信藤イサナ　ISANA Shindo

【循守の白天秤】第十支部副支部長。
趣味でメイドの格好をしている。
ヘラヘラとした言動こそ多いが実は真面目な苦労人。

天稟【ルクス】《読心》
相手の心を読む。

代償【アンブラ】即時展開型『伝心』
相手に内心を伝えてしまう。

Contents

イラスト/しんいし智歩
デザイン/アオキテツヤ(musicagographics)

第二章
対翼のシミラリティ

序幕　副支部長は苦労人

それは大都会・桜邑（おうら）の真っ只中にありながら、しばしば〝白亜の城〟と形容される。

【循守の白天秤（プリム・リーブラ）】第十支部。

質実剛健とした白一色の外観は、遠く離れた場所からは巨大なオフィスビルにも見えるだろう。

けれど、近くで見るとその印象は変わる。

ステンドガラスの高窓や頭部が尖ったアーチの模様、屋上付近には装飾のための尖塔。

いわゆるゴシック建築に見られる特徴が多く施されていた。

街ゆく人々はそれを見て「まるでお城のようだ」と指を差す。

けれど実際には、それは〝城〟ではない。

天使達が集う場所――そこは〝大聖堂〟であった。

当然、建物内部にもその特徴は色濃く見える。

エスカレーターなどの文明の利器と融合した、ネオ・ゴシック調の不思議な空間が広がっていた。

その最上階、支部長室と並んだ副支部長室にて。

「雨剣（うつるぎ）ちゃん、ちょっと休もっか。寝るって意味じゃないよ？　休暇ね」

椅子に腰掛けた副支部長、信藤（しんどう）イサナが苦笑いと共に言う。

それを受けた少女、雨剣ルイは身を乗り出した。

「な、なぜですかっ」

「言わなきゃ分からない？」

「…………っ」

息を詰まらせ、唇を噛む。そんな少女を見て、イサナは眉根を寄せた。

といってもそれは怒りや呆れに拠るものではなく、むしろ心配や慈愛に近い表情だ。

「ここ一週間、正直めちゃくちゃ調子悪いよね」

「それは……」

自覚はあったのだろう。言い淀むルイ。

「今はまだ大きな問題は起こってないけど、これから起こらない保証はないし、可能性は高いと私は思ってる。このままじゃね」

「だから調子が戻るまで、当面はゆっくり休むこと。いいね？」

「…………」

「……分かり、ました」

ルイは彼女らしからぬ覇気のなさで、片腕を抑えて頷いた。

「他の隊員の手前『休暇』とは大っぴらには言えないから、『謹慎』ってことにしておくよ。謹慎中の武装行為及び攻撃的行動は禁止されてるけど……」

イサナは硬い表情のルイを見上げて、へら～っと笑う。

「ま、そうじゃなきゃお休みの意味がないしね。良い機会だと思って戦いから離れな」

「……はい」

その日、傍陽（そえひ）ヒナタは非番だったが、急な呼び出しがあって第十支部へと足を運んでいた。目的地は、副支部長室。

「失礼します、傍陽です」

先ほどまで相棒がそこにいたとは思いもせず、ヒナタは木製のドアをノックした。

はいよー、という気の抜けた返事を受けて中へ入る。

そこは無駄な物がない、質素な執務室だった。

少し緊張気味なヒナタを見て、部屋の主人、イサナは苦笑いを浮かべる。

「普段の貴方の相棒にも見習ってほしいね。――もっとも、今はその限りじゃないけどさ」

「！」

ヒナタはそれだけで何の話題か察する。

「最近、雨剣ちゃん、調子悪かったよね」

「それは……はい」

「うん。なので、休暇を与えることにしました」

「……そう、ですか」

イサナは意外そうに琥珀色の目を瞬かせた。

「おや、反対はしないのかな？」

「……あの百年祭（サタナリア）の日から、ルイちゃんの調子が良くないのは分かっていました。普段は何ともなさそうにしているんですが、実戦となるところ……躊躇（ちゅうちょ）しているというか」

「躊躇？」

「はい。それが何なのかは、わたしにも教えてくれないんですけど」

「ふぅん。……ま、つまり君的にも異論はないわけだね」

「そう、ですね……。少しくらいお休みしてくれた方が、わたしも嬉しいです。親友として」

「――そっか」

最後の言葉を聞いて、イサナは珍しくとても嬉しそうに笑った。

そこまでの台詞だっただろうか、と思い返すヒナタに、彼女は「そうそう」と続ける。

「相棒（バディ）が休みなんだから代わりが必要だろう。ちょうどよく、ウチの支部にはいつも独りの子がいるからね。当面は彼女に相方役を任せるつもりだよ」

「えっ、それって……！」

イサナは意味深に笑う。それだけでヒナタには十分伝わった。

彼女ならば不足はない。それどころか、短い間とはいえ彼女と組めることを光栄だとすらヒナタには思えた。

少し表情が明るくなったヒナタを見て、上司は手を組んで伸びをする。

「いやぁ、悪いね。今日は非番だったのに。勤務日の明日通達するわけにもいかなくてね」

「いえ、今日は暇だったので別にいいですけど……」

「ひんま！　いいなぁ暇！　私も欲しいなあ！」

「めんどくさい……」

書類の山に囲まれて目の光を失っているイサナ。

ヒナタが無情にも正直な感想を漏らした時だった。

「ああ、そうそう。それで――〈乖離(カイリ)〉は捕まえられそう？」

鎧の隙間を突くナイフのように鋭く。

イサナは、にこやかな表情で問いかけてきた。

「――――」

思わず、息を呑む。

それは一瞬。

ヒナタはすぐに眉尻を下げ、目を伏せる。

「申し訳ありません。次は、必ず……」

「いや、別に責めるつもりはないんだよねぇ。だって傍陽ちゃん、他の事件は今のところ一〇〇パー犯人捕まえてるしさぁ」

謝るヒナタに、イサナはヘラヘラしながら言葉を重ねる。

「けど、まあ、だからこそ？　気になっちゃうよねぇ、その〈乖離(カイリ)〉ってどんな奴なのかさぁ」

「………っ」

どんな人か。

それはとても難しい質問だ。

かつてのヒナタを導いてくれた人で、再会してからも憧れた人。

けれど、いつの間にか敵対組織に身を置いていた人。

その正体に気付かぬときは敵愾心も湧いたけど、そんな自分を何度も助けてくれていた人。

ずっと仕舞い込んでいたけれど、世界で一番、大好きな人。

そして、かわいくて愛しくて——食べてしまいたい人。

——は……？

そのとき、声がした。

間の抜けた、思わず漏れてしまったような声だった。

「え？」

ヒナタは顔をあげるが、イサナは変わらず執務机にぐでっと肘をついている。

口を開いた様子もない。

ならば、今の声は……、

「どうかしたー？　傍陽ちゃん」

「あ、いえ……なんでもありません」

「そっか。ならいいけど」

そう言ってから、イサナは居住まいを正すと、へにゃっと笑った。

「まあ、自分が捕まえられない相手について聞かれるのも複雑だよね。また今度改めて書類にまとめてもらうかもだけど、そのときはよろしくね？」

「はい、わかりました」

それ以上の追求がなかったことに、ヒナタは密かに胸を撫で下ろしていた。

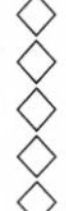

副支部長室を後にする可愛い新人を、イサナは手を振って見送った。

そして、扉がしまって数十秒ほど経ったのち、

「？？？？？？？？」

イサナはめちゃくちゃ首を傾げた。

「え、え？　はい？　どういうことですか？　なにかとんでもない情念を見てしまった気がするのですが……？？？」

琥珀色の瞳はまん丸に開かれ、切り揃えられた緑髪がさらりと垂れる。

「え？　傍陽さんって〈乖離(カイリ)〉と知り合いなんですか？　というか、好きなんですか？　……略奪？　んんんん？？？」

先の大襲撃の際にも冷静沈着に対応してみせた副支部長が、絶賛大混乱中だった。

そのせいで本来の素である丁寧な口調が思わず出てしまっている。

「ど、どうしましょう。——傍陽さんの頭の中、意味がわかりませんでした……」

【循守の白天秤（プリム・リーブラ）】第十支部副支部長、信藤イサナ。

彼女の天稟（ルクス）は、《読心》だった。

そして、

「整理が追いつかない心を読んだのは久しぶりです……。あやうく、こちらの心の内を伝えてしまうところでした……」

読心（光）の代償（影）は、『伝心』。

心を読んだ相手に、自分の心の中も知られてしまうことであった。

使い勝手の悪さでいえば、どこぞの青年にも引けを取らないだろう。

なにせ心を読んだことすら伝えてしまうので、心を読む意味が全くない。

完全に打ち消しあってしまう天稟（ルクス）と代償（アンブラ）。

しかし、イサナはかなりの頻度でそれを行使し、なおかつ相手にもそれを悟らせていない。

その絡繰りは単純明快。

彼女は天稟（ルクス）を行使する時、何も考えていない。

自我の一切を排除し、ただ相手からの情報を受信するだけの機械として自分を使う無私の境地。

心を完全にコントロールせねばできない、鋼の精神力の賜物であった。

――その精神力を以てして、先ほどは《読心》を打ち切らざるを得なかった。

「まさか傍陽さんの内心が、あんな……」

ずり落ちかけていた三つ編みカチューシャを両手で直す。

「こほん、――まじかぁ……」

ちなみに彼女が普段、本来の堅い口調とはかけ離れたヘラヘラした口調でいる理由の一つも、なるべく脳の負担を減らすためだった。

そんな緩い口調に戻して、背もたれに寄りかかる。そもそも順番に整理するならば、

「傍陽ちゃん、普通に裏切りなんだよなぁ」

大攻勢の後も【救世の契り(ネガ・メサイア)】の構成員を捕まえていることを考えれば、敵に与しているわけではないと言えるが、〈乖離(カイリ)〉に対しての意図的に見逃す行為は普通にアウトである。

しかし、何か協力をしたわけでもなければ、こちらの情報を与えているわけでもない。

普通ならそれでもアウトだが、それで除隊&拘留といくにはヒナタの才能は大きすぎるとイサナは考えている。こんな問題児だらけの支部をまとめていると、物事、杓子定規(しゃくしじょうぎ)じゃやっていられないのだ。

「しかも〈乖離(カイリ)〉も別に天秤(リーブラ)の敵ってわけじゃ……いや、傍陽ちゃんの敵ってわけじゃなさそうな行動してるしなぁ。マジでどういうつもりなんだ……」

しばらく上を向いて、

「うん、わけわからん」

イサナは考えることを諦めた。

そもそも情報がまったく足りていない。

ちょうどそのタイミングで、机に積み上げられた書類が崩れた。

「うわ〜、いまの私の頭の中みた〜い……」

彼女は見るも無惨な机上の惨状にげんなり。

が、散らばった書類の一枚に目をひかれる。

内容は、前回の〈剛鬼（ゴウキ）〉麾下構成員による大攻勢によって、議員や出資者から第十支部への不審が募っているといったもの。

ただでさえ〈乖離（カイリ）〉の件があるというのに、次から次へと面倒事が現れる。

「――あっ」

だっる……と言いかけたイサナの脳裏に閃きが走った。

議員も、出資者も、敵の構成員ですらも。

「全員ココに呼び出しちゃえばいいのか」

私って天才、と。

苦労人メイドはにんまりと笑った。

第一幕　指宿イブキの災難な一日

突然だが、我が家――指宿（いぶすき）家には卓上ラジオがある。

ダークブラウンを基調としたレトロデザインのもので、俺が一目惚（ぼ）れしてクシナに「買おうよ！」とねだったものでもある。

高校一年生にして今と変わらぬしっかり者だったクシナには「どうせすぐに飽きちゃうんだからやめときなさい」と言われたのだが、海外の子供並みに駄々をこねる俺に彼女の方が折れた。

で、案の定、物言わぬインテリアと化した。

幸い、Bluetoothスピーカー兼用だった（というか恐らく、そこまで考慮してクシナは買うのを許してくれた）こともあって、最近ではもっぱら家事風景を音楽で彩ってくれるアイテムとして扱われていた。

つい半月ほど前までは。

『百年祭での武勲が記憶に新しい傍陽隊員ですが、今週もまた目覚ましい活躍を残しています！』

卓上のラジオから、ハイテンションな男の声が鳴る。

天翼論功（エンジェルオーダー）。

ここ最近知ったばかりの「今週の天使の見どころ！」みたいなニュースのワンコーナーである。

単純な強さだけでなく偶像性(アイドル)を求められる【循守の白天秤(プリム・リーブラ)】のメディア戦略の一環だととある天使は語っていた。

それを知ったのはテレビ画面を通してだったが、生憎(あいにく)と電子画面は嫌いなのでそちらは見られない。が、そこは諦めの悪いイブキくんである。人気コーナーならば同局のラジオを聞けばやっていると睨み、まんまと発見。こうして全国の指宿イブキは救われた。

『いやぁ、現役高校生にしてこの活躍。これからが本当に楽しみですねぇ』

ラジオではその後も我が推しを褒め称える言葉が並べ立てられる。

それにしても、ヒナタちゃんの評判は毎日のように聞くけど、ルイの方は今週一週間ぱったり聞かなかったな。

最後に見聞きしたのは、まさに一週間前――百年祭(サタナリア)、最終日。

あれが最後だったとなると……。

「俺を捕り逃したせいで調子落としてたり、するのかな……」

自意識過剰だろという気持ちと、まさにあの日からというなら可能性は高いのではないかという疑心がごちゃ混ぜになっている。

ラジオに耳を傾けながら、ソファに身を預けていると、

「あら？」

コーヒーを淹れてきてくれたクシナが目をすがめて両手に持ったカップの片方を、見ていた。

「どうしたの？」

「うーん、ちょっとヒビが入ってるみたい。中身が垂れたりはしてないけど……買い替え時かしら」

「長いこと使ってるもんね」

同じデザインのカップで、縁取りの色だけが違う。

昔、二人でショッピングモールに行った時、ブランドも何も分からずに買ったものだった。

今クシナが見ているのは彼女の方のカップだが、年季は同じなのだから俺の方も買い替えるべきだろう。

「同じのセットで買ってくるよ」

言うと、クシナは意外そうにきょとんとした。

「別に、新しいの買ってもいいのよ？」

「嫌です。同じの買う」

「ふふっ、もう。どうでも良いところで子どもなんだから」

隣に座ってコーヒーを差し出してくるクシナからそれを受け取る。

「俺にとってはどうでも良くないんですぅー」

我ながら子供っぽい固執だ。

けれど、それに呼応するように彼女も子供っぽく口角を上げた。

「——あたしもよ」

その後、珍しく予定があるというクシナに心配されながらも「これくらい一人でできるって！」と押し切って、俺は一人でショッピングモールへと向かっていた。結果、

「……」

「……」

――クシナと一緒に買いに来ればよかった……。

例によって桜邑駅から延びる大通りを歩いていたところ、脇道から現れたのは灰色のパーカーを羽織り、そのフードを深く被った少女。

フード越しでもはっきりと分かる美貌の持ち主は、今朝方考えていたばかりの雨剣ルイだった。

噂をすれば影がさすとはこのことか。

「どうしてキミが」

「なんでアナタが」

彼女はひっくり返した石の下に蛞蝓を見つけたかのごとき表情で俺の顔を睨みつけていたが、こちらと台詞が重なったことで一層柳眉を顰めた。

どうやら石下の蛞蝓は一匹どころではなかったらしい。雨上がりあるあるである。

……冷静に考えれば、クシナと一緒に来て「コイツ、メサイアの下っ端よ」とか言われる方が面倒なことになっただろうから幸運だったかもしれない。

それほどにこちらを嫌っているはずのルイ。

けれど、彼女は忌み嫌うはずのこちらを睨みつける以上のことはしなかった。

ヒナタちゃんという脅し材料（ストッパー）がいない今、彼女にとっては俺の息の根を止める絶好の機会だろうに。
しかして、蛇に睨まれた蛙（かえる）のように動けなくなっているこちらを無視し、彼女は踵を返した。

「………え？」

思わず溢した疑念の声に、ルイの足が止まる。

彼女は振り向くことなく、

「勘違いしないで。今日のワタシは休暇中なの。あくまで今日のところはアナタを見逃してあげるというだけで、その気になればいつでもアナタなんて潰せるのよ。命が明日まで繋がったことに咽び泣いて喜びなさい」

こちらが尋ねたわけでもないのに、非攻撃的な態度の理由を捲（まく）し立てた。

「いや、あの……」

休暇だからと見逃されるほど浅い因縁とは思い難いのだが……俺が気になったのはそこではない。

こちらの困惑を無視し、今度こそ足を止めずに歩き去ろうとするルイ。

けれど、俺は彼女の背に声を投げかけざるを得なかった。なぜなら――、

「その路地、行き止まり……」

「――」

少女が、ピタリとその動きを止めた。

「どこにも繋がってないんだけど……え、そもそも、なんでその道から出てきて……？」

少女の肩が何かを堪えるように震える。

その様子に、俺は原作『私の視た夢』で何度か披露された彼女の設定を思い出した。

「あ、君って方向音痴――」

「違う……ッ!!」

背を向け続けていたルイが、ぐるんっと体ごと振り返る。

その勢いでフードが外れ、薄水色の長髪がふわりと弧を描いた。

露になった美貌と透き通った湖のような蒼い瞳に、思わず見惚れ――

「ワタシは方向音痴じゃないッ！」

――るよりも先に、生暖かい目で彼女を見てしまう。

彼女は白皙の頬を真っ赤に染め上げた。

「～～～っ、その腹立たしい目つきをやめなさいッ！　普段、飛んでる時はちゃんと分かるもの！　蛞蝓のように地を這うことしかできないアナタには天から見下ろすワタシの気持ちは分からないでしょうねッ!!」

手負いの獣を連想するくらいには食ってかかってくるルイ。

確かに迷路を上から見るのと実際に中に入って攻略するのでは難易度は段違いだが、それにしたって自分が出てきた行き止まりに颯爽と帰っていくのは度を越している。

方向感覚とかでは説明がつかないほどの、超弩級迷子である。

『わたゆめ』でほっこりさせられた雨剣ルイの一面をこの目で見られて、オタク、感無量。

にやけそうになる口元を押さえて、彼女に問う。

「大丈夫？　案内してあげようか？」

「くぅ……っ！　馬鹿にしてッ！　その胡散臭くて腹立たしい顔をやめろッ！」

「完全な善意なんだけどなぁ……」

しかし、そうと知れば不思議なこともある。

「この前、ヒナタちゃんと一緒にショッピングモールに行った時、よく正しい道で俺達に追いつけたね」

「はあ？」

ルイは物分かりの悪い子供でも相手にするように眉根を寄せて言った。

「駅からショッピングモールまでは一本道なんだから、どれほど遠くともヒナの可愛らしい髪の一房だって見逃さないに決まってるでしょ」

「おかしい。前半と後半が繋がってないぞ……」

「は？　アナタできないの？」

「いや、できるけど」

「気色悪い……ッ」

「二つ前の自分の発言を思い出して？？？」

でっかいブーメラン刺さってますけど……。

それはそれとしてこの子、前回は遠く離れたヒナタちゃんを目印にして俺たちまで追いついてきたらしい。確かにそれなら方向感覚は必要ない。――さては天才だな？

「そういうわけだから、この前行ったばかりの場所なら流石に一人でも行けるわ」

「行ったばかりの場所って、ショッピングモール？」

「だとしたら何？」

「いや、行き先同じだなって」

「チッ！」

でっかい舌打ちされた……。

少女は美貌を隠すように再びフードを被り、その奥からこちらを睨めつける。

「嫌がらせのつもりなら陰湿ね。流石は蛞蝓」

「いや、別に――」

「でもお生憎様、アナタ如きの存在に左右されるほどワタシは軽くないの」

「そんなつもりは――」

「先に行かせてもらうけれど、付いてきたら今度こそ潰すから」

「聞いて？」

「それじゃ」

ルイはこちらの弁明には耳を傾けず、俺の横をすり抜けて大通りに出ていく。

そんな彼女の、遠ざかっていく背中に声をかける。

「そっち、ショッピングモールと逆……」

びくりと華奢な肩が震え、それきり長い脚は前へと踏み出されることはなかった。

「ショッピングモールには何を買いに行くの？」

「…………」

「あ、ひょっとして何か買うわけじゃなくて単に眺めるだけとか？」

「…………」

「ウィンドウショッピングも楽しいもんね！」

「…………」

「あはは……」

「…………」

男女が二人、華やかな大通りを歩いている。

だというのに、色気めいた雰囲気など微塵もない。

それどころか、いくら話しかけようともルイはうんともすんとも言わない。

しかも余程俺と並びたくないと見えて、彼女はフードを被って後ろからついてきている。

縦に並んで黙々と前に続く様子は、控えめに言って連行される犯人である。

——一緒に行くことになったものの、空気、地獄なんですけど……。

ラジオを聴いてルイの調子が気になったのは今朝のこと。

その日のうちに彼女と二人きりになるなんて望外のチャンスだというのに取りつく島もない。

このまま目的地に着いてこの機会をみすみす逃すのか、と焦り始めた頃。

「——あ、雨」

「……チッ」

時間が欲しい俺にとっては、まさに恵みの雨というしかない。

小雨程度では済まない大粒の雫が一気に降り始めた。

慌てて、俺たちは近くのビルの入り口に避難する。

降り方や空気の感じからするに、通り雨だろう。

「まあ、もう五月だしなぁ」

梅雨も近いし、とそんなニュアンスの独り言。

「どうかしらね」

「え？」

まさか返答があるとは思っていなかったので驚いてそちらを見ると、少女は空だけを見上げて自嘲するように言った。

「ワタシ、雨女なのよ。だからワタシのせいじゃないかしら。ざまあないわね」

最後の悪態に合わせて、俺を横目で見やる。

けれど、その語気にはいつものようなキレがなかった。

何をいうべきか迷って、当たり障りのない質問を選ぶ。

「雨は嫌いなの？」

「嫌い」

こちらが喋り終わるより前に言い切られた。

「嫌い。大嫌い。アナタと同じくらいね」

「……それはまた、とんでもなく嫌いだね」

「ええ」

それだけ答えて、彼女はまた黙ってしまう。

しばらくの間、沈黙が続いた。

アスファルトの地面を打つ雨音をぼんやりと聞き流していると、不意に言葉が溢れた。

「雨の日って、音楽を聴きたくならない？」

銀線がしとしと屋根を突く音と、楽器の音色とが混ざり合う、雨天決行の演奏会。

それが好きというのは偽らざる本音だった。

けれど同時に、それは『わたゆめ』で描かれたルイの好みでもあった。

自然と言葉が口をついて出たのは、そのためだろう。

そこには共通の好きなものから仲良くなるきっかけを、という打算もあったかもしれない。

だからこそ、

「――――」

その時ルイが俺に向けた視線の意味が分からなかった。

澄んだ湖の如き蒼の瞳が、風雨に晒されたように激しく揺れていた。

驚きはひと目で見て取れた。怒りも確かに感じられた。失望までうっすらと透けていた。

最後の一滴は……羨望、だっただろうか。それが勘違いだとしても。

おおよそ喜びとは遠い、負の感情が渦巻いていた。

「え……？　好きじゃ、ないの……？」

「――好きじゃない」

先ほどよりは語気が弱く、けれどはっきりと拒絶の意が伝わるような冷たい声音だった。

「………」

返す言葉もなく、途方にくれる。

予想していたルイの反応――原作の『雨剣ルイ』の反応とは百八十度異なるものだったからだ。

本来の彼女は音楽を愛していた。その最たる象徴が、彼女の二つ名だ。

〈美しき指揮者〉という異名は、決して彼女の戦闘スタイルのみに由来するものではない。

否、なかったと言うべきだろう。その違いにはいったい何の意味が――、

「気が変わった」

氷のような声音のまま、淡々と少女が言った。

「暇つぶしのつもりだったけれど、どうでも良くなったわ。帰る」

運がいいのか悪いのか、それから雨は波が引くように収まっていった。

ものの数十秒で、冗談のような晴れ間が目の前に広がる。

白昼夢を見ている心地の俺を置いて、ルイは静かに歩き始めた。

「来た道を戻るだけだから案内はいらない」

進む先は正しく駅への道。俺は何も言うことができずに、彼女を見送った。

灰色のパーカー姿が見えなくなってしばし、俺はのそのそと当初の目的地へと向かい始める。

ショッピングモールの外観が見える頃になって、ようやくそれに気づいた。

色々な有名ブランドの看板が並ぶ中、隅の方にひっそりと掲げられたＣＤショップの看板に。

――好きじゃない。

「……絶対嘘だろ」

やはり、絶対に、原作とは違う何かが起きている。

俺の知っている音楽が好きな『ルイ』と、今のルイの違い。

そこに来て、彼女の不調の可能性。

俺のせいかどうかなんてものは分からない。

けれど、まるっきり無関係だと思えるほど能天気ではなかったし、なにより。

「推しが元気なかったら、どうにか力になりたいって思っちゃうのがオタクだろ、普通」

それだけ理由があれば十分。

「よし、どうにかしよう」

………どうやってかは、まるで思いつかないが。

結論、とにもかくにも仲を縮めるしかない。以上。

なにせ、そうでなければ話を聞いてもらうことすらできない。今日の二の舞である。

少なくとも、こちらの弁明をまともに聞いてもらえるくらいにはならないとな。

「となると……何はともあれ、まずは誤解を解かなきゃな」

まあ誤解というか、俺の場合ショッピングモールの時に自分から悪ぶったのだが。

……しょうがないじゃないですか、だってあの時はああするしか思いつかなかったし……実際あの場だけは乗り切れてるし……まあ、あの場しか乗り切れてませんけど……。

などとごちゃごちゃ考えていた昼下がり。

「幹部会に行くわよ」

どこかから帰ってきたクシナが開口一番言った。

「幹部会……？」

「そう。読んで字の如く、六使徒が集まる会議よ」

「え、やばそう……」

というか、やばいに決まってる。

「俺、幹部じゃないけど行っていいの？」

それに〈剛鬼(ゴウキ)〉をヒナタちゃんと協力して倒したこともある。

あれが上層部にまでバレていたら確実に呼び出し案件なのだが……。

若干警戒混じりの問いかけだったのだが、クシナは何故かやや恥ずかしげに目を逸らした。

「あたしの……側近、だから。別に良いのよ」

「ほう、一人くらいなら部下を連れて行けるってことか。つまり――今まで、ぼっち……？」

可哀想な子を見る目を向けると、

「あのねぇ……。他の連中も大抵は一人だし、別に旅行じゃないんだから一緒に行きたいなんて思わないわよ」

こめかみに手を添えながら、呆れたように言うクシナ。

……あの、「旅行なら一緒に行きたい」とか言わないでもらえます？

「それに、ここ最近は年に一回もなかったもの」

「ふーん」

この感じだと呼び出しとかではなさそうだが……どちらにせよ悪の幹部が集まるとかやばい。

雨上がりの街の静けさが、嵐の前兆に思えてくるのだった。

◇◇◇◇◇

例のごとく喫茶店(カフェ)Manhattan(マンハッタン)にやってきた俺たち二人だったが、珍しく昼間から「Closed」の看板が扉に掲げられていた。

クシナは平然とそれを押し開き、俺も続く。そして、いつだったか店主のユイカさんと幹部〈紫煙(シエン)〉のミオンさんが二人で入っていった〝Staff Only〟の向こうへ。

床にあった隠し扉を抜けて、地下への階段を降りながら、クシナが独りごちるように言った。

「ここからはフードを被っていくわ」

懐中時計のリューズを捻ってローブを羽織る彼女に続きながらも、疑問に思う。

「普段、正体は隠してるんだ。でも〈剛鬼(ゴウキ)〉は知ってたよね？　意外と仲良かったり……？」

「そんなわけないでしょ。馬鹿なこと言わないで」

クシナに白けた目を向けられる。

「アレはそれなりに強かったし、なにより天秤(リーブラ)への敵意だけは誰よりもあったから。平の構成員よりは知ってることが多いだけよ。それで……」

——ここからはその、平の構成員の溜まり場ね。

そう言って暗い階段を抜けた先。

地下とは思えないほどの広大な空間が目の前に広がった。

「まじか……」

鉄筋コンクリートで作られたその場所は、高さも広さも結構なものだった。

窓がない閉塞感がなければ、とても地下空間だとは思えない。

広間の中心には飲食店らしき場所がある。

その佇まいや客層は、そこはかとなく治安が悪そう。

……酒場付きの冒険者ギルドとかってこんな感じなのかな。

「こういう地下の溜まり場は他にも何ヶ所かあるわ。一番大きいのはここなんだけどね」

「へえ……」

周りの壁面を見回すと、俺たちが通ってきたような通路が全方位に散らばっている。

「あれは地上の入り口に繋がってるってこと？」

「それもあるわね。逆にもう少し深い層に繋がっているのもあるわよ。――でも、私たちが行くのはこっち」

クシナは中央の酒場に向かって真っ直ぐに歩き出した。

のこのこ彼女の後に付いていくと、近づくにつれて先客たちがこちらに目を向けはじめる。

「…………！　〈刹那〉さんだ」

「えっ、〈刹那〉様も……、？」

方々にいた構成員たちはスッと居住まいを正す。

どうやら我が幼馴染様は随分と尊敬を集めているらしい。

ふふん、そうだろうとも。

後方彼氏面していると、クシナが口をへの字に曲げた。

「あたし〝も〟ってことは……アイツもう来てるわね」

そのボヤキ文句に俺が反応するより早く。

「ねえ、〈刹那〉様の後ろの……」

「〈刹那〉さんのこと裏切って〈剛鬼〉のサルの下についたんじゃなかった？」

「〈剛鬼〉が勝手に言ってただけじゃないの？　でもまあ、男だし」

「どうして男なんて部下にしてるんだろう……」

女性陣からものの見事に蔑みの目を向けられている……。

彼女たちの疑心はもっともであるし、〈剛鬼（ゴウキ）〉に関しては身から出た錆なので何も言えない。加えて、

「おい、アイツ」

「チッ」

男衆からも、やたら敵意のこもった視線を向けられている……！

この感じは〈剛鬼（ゴウキ）〉と同じ「女の下につきやがって」パターンだろうか。

しょぼんとしているとクシナが歩きながら言った。

「周りの目なんて気にしないでいいのよ。あたしが一緒にいるから」

「いや、そんなに気にしてないよ？」

「もう、強がらなくていいのに。ちゃんと分かってるから」

「分かってないよ？？？」

ウチの幼馴染、普段は完璧なのに、たまにポンコツになるのは何なんだろうね？

じゃれていると溜まり場中央の出店らしき場所に着いた。

「マスター、〈下の部屋（エルカネク）〉」

クシナがカウンターの向こうに立つ長身の女性に言う。

手には懐から出した懐中時計をぶら下げていた。

その許可証を見て、マスターと呼ばれた女性は頷く。

そして何も言わずにカウンターの内側に俺たちを招き入れる。

足を踏み入れた瞬間――景色が一転した。

「ぅえっ⁉」

「ふふ、良い反応」

クシナはフードを脱いで、クスクスと笑った。

俺もフードを取り払って、辺りを見回す。

いわゆる列柱廊（コロネード）。

円柱が立ち並ぶ廊下のど真ん中に俺たちは立っていた。

「これ、どうなってんの……？」

半ば呆然としながら、尋ねるとクシナは歩き出しながら話し始めた。

「この地下基地〈巣窟（ネスト）〉はね、何人かの天稟（ルクス）を組み合わせて作られているのよ。今のもミオンの《幻影》と他の天稟（ルクス）の合わせ技ね」

「ほえー……」

きょろきょろしながら歩いていると――真横に赤い着物の美女がいた。

「よう」

「うぉわっ！？！？！？」

思わず飛び退る俺。

「ぷふ、あっはははは‼」

それを見た美女、〈紫煙(シエン)〉のミオンさんは大爆笑し出した。

「いや、ちょっと！　めちゃくちゃ驚いたじゃないですか！」

「くっ、くくく、わ、悪かった悪かった。……ぷくくっ」

クシナも彼女の存在に気づいていたらしく、少し口角を上げておかしそうに俺を見ている。

恥ずかしさを誤魔化すように、二人を睨んだ。

「くふっ、まあ、そう拗ねるなって。慣れないところで緊張してるだろうと思ってよ」

「ほぐしてやろうって？　絶対ウソでしょ……」

ただ驚かせたいだけだよね、これ。

「いやあ、イイ表情も見れたし、行くかぁ」

「そうね」

上機嫌に進み出すクシナとミオンさん。……やっぱりこの二人、実は仲が良いな？

そこからすぐに目的の場所には着いた。

下の部屋(エルカネク)。

そう呼ばれてた空間の中央には、円卓だけが置いてある。

ただそれだけの、とても質素な部屋だった。

「なぁんだ、吾(オレ)たちが一番乗りじゃねーか」

「当たり前でしょ、あの人たちが時間前に来るわけないじゃない」

「そりゃそうだ」

言葉を投げ合いながら、二人は席に着く。

円卓に用意されている椅子は、七つ。

「悪いけど、イブキはあたしの後ろに立ってて」

「むしろ座ってる方が緊張するし、ありがたいくらいだよ」

この下の部屋（エルカネク）も、さっきまでいた大広間と同じように壁の四方八方に出入り口があった。

それらの一つに目を向けた時だった。

灯りがない、吸い込まれてしまいそうな暗闇で、影が揺れた。

「――――」

最初、漆黒が人の形（ヒトガタ）を取ったのかと錯覚した。

しかしよく見れば、そうではない。

彼女は脳天から爪先まで黒い衣服を纏っていた。

マットな黒のヒールに、足元までを隠す黒薔薇のあしらわれたドレス。

黒いドレスグローブで腕を覆い、黒の面紗（ベール）が垂らされた婦人帽（キャプリーヌ）を頭に載せている。

ともすれば、それは貴婦人の影が一人踊りしているようにも見えた。

彼女を認めたクシナが口をひらく。

「ごきげんよう、――ゼナさん」

【六使徒】第二席〈絶望（ゼツボウ）〉のゼナ・ラナンキュラス。

十年前、かつての副都心・新宿を一夜にして滅ぼした張本人だった。

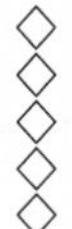

〝幽寂の悪夢〟

十年前の真夜中、大都市・新宿にて、それは静かに幕を開けた。

始まりは水道管の破裂だったという評論家がいれば、自動車の炎上爆発だったという当時の被害者もいる。

確かなことは定かではないが、唯一判明しているのは、その中心に一人の少女がいたことだ。

少女は新宿の各所にふらりと姿を見せた。

彼女が現れた先々で、街が壊れた。

水道管、あるいは自動車から始まった悪夢（それ）は、アスファルトの路面を割り、店を爆発させ、その果てにビルを倒壊させた。

それは正しく、災害だった。

一夜が明けるころ、副都心が誇った高層ビル群は姿を消していた。

瓦礫の山だけが広がる、荒廃した世界。

唯一の救いは、想定よりも生存者が多かったこと。

その中の幾人かが、瓦礫の頂上で朝陽を背負う少女を見たという。

——彼女は枯れた黒い瞳で、世界を睥睨していた。

一個人で主要都市一つを壊滅させる。

それを為した天稟（ルクス）も不明。

回避不能の悪夢。

ゆえに、絶望。

「ごきげんよう、ゼナさん」

クシナに声をかけられ、影の貴婦人は足を止めた。

俯きがちだったのか、婦人帽（キャプリーヌ）の鍔（つば）が僅かに持ち上がった。

「……ごきげんよう、クシナさん」

低めの、澄んだ声音が響く。

彼女はそれから——面紗（ベール）で隠れているが、おそらく——こちらを見た。

「……そちらは？」

「——」

今にも身体が弾けるんじゃないかという緊張で、身体が強張る。

「あたしの部下、〈乖離（カイリ）〉よ」

「……あら、そうでしたか」

相槌を打ちはしたが大して興味を抱いた様子はなく、彼女は自分がやってきた入り口に一番近い席についた。

並んで座るクシナとミオンさんの対面だった。

そこまできて漸く、ふっと身体が楽になる。

「……っ」

原作『私の視た夢』でも、第二席〈絶望〉が直接現れたことはない。

俺も彼女の姿を見るのはこれが初めてだったりする。

世界に知られている中で最も危険視されている人物なのだ。

初対面で向かい合うとなると、さすがに……。

「別に緊張しなくても大丈夫よ」

クシナが囁くように言った。

「貴方は適度に距離を置いておいた方がいいけどね」

「……？」

疑問に思った瞬間――轟音が響いた。

「っ!?」

慌てて発生源を見ると、入り口の一つから煙が上がっている。

「うっせえ……」

ミオンさんが片目を瞑って、頭痛そうにしていた。

「もうちょっと穏やかに登場しろよな――ツクモ」

それに返すは高笑い。

「くーはっはっはっ！　すまんな、〈紫煙(シエン)〉よ！」

煙が晴れたところにいたのは、幼い少女だった。

歳の頃は小学生くらい。

雑に伸ばされた黒髪は、無造作に後ろで一括りにされている。

彼女は黒いローブの裾をダボダボに余らせて、腰に両手を当てていた。

……見るからに反省している様子がない。

「仕方あるまい！　【六使徒】第五席〈玩具屋(ガングヤ)〉たるこの我、十時(とき)ツクモが降臨するというのに、舞台が静寂に支配されたままというのは、あまりにも味気ない！」

【六使徒】第五席〈玩具屋(ガングヤ)〉。

第一席、第六席と並んで世に知られていない六人の幹部の一人。

こちらも原作では、二つ名だけが登場していた人物だ。

どうやら【救世の契り(ネガ・メサイア)】の道具(アイテム)全般を生み出しているらしい。

代表例は、俺たちの認識阻害ローブ。

組織の中核を担っていると言っても過言ではない大人物だ。

……まさかそれが、こんな幼女だとは。

加えてなんだろう、この……。

「はあ……」

俺が形容しかねているとクシナがため息をついた。彼女を見てパッと顔を明るくする幼女。

「おお！　久しいな、〈刹那（セツナ）〉よ！」

「ええ……」

「今日はサボらず……む？」

〈玩具屋（ガングヤ）〉が俺へと目を向けた。

「むむ！　〈刹那（セツナ）〉と同じローブ、ということは汝が〈乖離（カイリ）〉か！」

「はい、そうです」

気圧されつつ肯定すると、彼女は噛み締めるように頷いた。

「うむうむ。自画自賛で申し訳ないが、――なんというカッコいいコードネームであろうな!!」

「自画自賛？」

「さよう！　何を隠そう、我ら【救世の契り（ネガ・メサイア）】の現在の名付け（ネーミング）は全て！　この我が司っているのだ！　当然、汝のコードネームも我の自信作である！」

「――」

なるほど、理解した。

この、そこはかとなく残念な感じ……！

「――厨二病ッ！」

俺の戦慄を聞き取ったクシナが瞑目し、ミオンさんが吹き出した。

〈絶望（ゼツボウ）〉さんも、ちょっと身体が揺れた気がする。

そして、当の本人は――、

「………………」

悲しそうに俯いた。

その反応で察する。

「ま、まさか、その厨二病は……」

「うむ……」

な、なんて、可哀想な子なんだ……。

「まさか、『厨二病』なんて代償が――」

「素だな」

「素なのっ！？！？」

じゃあ、なんで悲しそうな感じ出したんだよ！

クシナが俯き肩を震わせ、ミオンさんが爆笑した。

今度は絶対、〈絶望〉さんも身体を揺らしていたと思う。

◇◇◇◇◇

「我らが第六席、〈外科医〉の奴ならば此処へ来る最中に会ったが、『どうせ行こうが行くまいがお咎めなど無いだろうに』と抜かして研究室に篭りにいったぞ」

しばらくして、場が収まったころ。

席についた〈玩具屋〉——ツクモ（敬称をつける気にはならない……）が言った。

「まあ、先生だしな」

「言うだけ無駄でしょ」

仲良し二人が肩をすくめる。

第六席の不参加が決まったところで、コツコツと足音が聞こえはじめた。

——幹部、最後の一人。

つまり、第一席だ。

固唾を呑んで靴音が鳴る方を見る。

やがて、その暗い道から現れたのは——見知った顔。

今日もここへ来るまでに、俺たちは彼女の喫茶店を通ってきた。

「こんばんはぁ～」

喫茶店主・馬喰ユイカ。

「……え」

彼女は俺を見て、驚いたでしょ～？　と言わんばかりに、にま～っと笑った。

そして、ひょい、と。

後ろに組んだ手からプラカードを出した。

そこに書かれていたのは、

『今日も第一席〈覚悟〉は欠席です♡　ｂｙ〈真実〉』

「…………」

本日何度目とも知れない脱力感。

「ふふ、今日のイブキは目まぐるしくて楽しいわね」

「はあ……」

……クシナが楽しそうだから、もうそれでいいか。

俺が諦めの境地にいると、ユイカさんはプラカードを席に置いた。

そしてクシナの後ろに立っている俺と同じように、空席の後ろに控えた。

「なあ、ユイカさんって……」

「ええ。筆頭の唯一の部下よ」

「まじかい……。結局、大物じゃん……」

そんな会話がありつつ、第一席の〈覚悟〉さんの不在が決まった。

残るは第一席の対面にある、七つ目の席のみで――、

「では、始めましょうか」

空席だったはずの場所に、人がいた。

彼女は真白の衣装を纏っていた。

金細工の施された豪奢な衣服は、神聖かつ清廉な印象を見る者に与える。

けれど、その印象とは不釣り合いに露出が多い。

抜けるような白い肌が大胆に晒されていた。

そして、絹のような白い髪。

さながら儚く、砕け散りそうな、真珠。

影の貴婦人を思わせる〈絶望（ゼツボウ）〉とは真逆の存在。

そこに嵌められた黒真珠のような瞳が、俺を捉えた。

「はじめまして、〈乖離（カイリ）〉」

無言で頭を下げる。彼女は続けた。

「わたくしは〈不死鳥（しなずどり）〉。救世（メサイア）の旗手を務めております」

——以後、よろしく。

そう言ってニコリと微笑む、悪の総領。

彼女に会釈だけ返しながら、思う。

——この人たち、誰一人として普通に出てこなかったな……。

遠い目をする俺を置いて、

「さて。早速ですが本日お集まりいただいた理由は二つあります」

卓上で両手を組み合わせながら、〈不死鳥（しなずどり）〉が言った。

「一つは、先日の〈剛鬼（ゴウキ）〉の暴走についてです」

いきなりドンピシャな話題に息を詰める。

しかし、その場の面々は変わらず、どちらかと言えば関心がなさそうだ。

「アイツが勝手をするのは、いつものことだろうよ」

「暴走自体は構いません。問題は、今まで捕まることのなかった彼が捕まったことです」

「まあ言動はアレだが、中々に狡猾な奴だったしな」

「ええ。それが今回、捕まったのですよ。相当な重傷だったそうです」

「へえ、重傷ねえ、アイツが……」

俺は固唾を呑んで、会話の雲行きを探る。

「しくじって捕まったとは散々、報道されてたが……アイツをやったのは確か……」

「傍陽ヒナタ、という名の新人のようですよ」

……俺が手を貸したことは、知られていないらしい。

事件後の報道では〈剛鬼〉を捕らえたのは傍陽隊員一人とされていた。

ヒナタちゃんが〈乖離〉との協力について報告していないということは想像しづらいし、「新人隊員が一人で凶悪犯を逮捕！」とかの方が正義にとっては都合がいいからだろう。

組織を裏切った俺にとっても都合がいいので、それについて文句を言うつもりは無論ない。

「天稟の相性で敗北した可能性もありますから、それほど問題視する必要はありません。が、一応あちらの期待の新星については気に留めておいてください」

「あいよ」

「くはは！　了解した！」

「…………」

そっとクシナを見るが、ヒナタちゃんの天稟(ルクス)を知っているはずの彼女は黙したまま。

こちらの安堵(あんど)をよそに、盟主は柔らかに破顔した。

「一つ目はそれだけです。本題は、次」

彼女の言葉と共に、場の空気が引き締まる。

「天秤(リーブラ)側に動きがありました。かねてより存在した問題を解消しにかかると思われます」

かねてより存在した問題。

何のことだろう、とイブキは周囲の表情を探る。

ユイカさんは唇をきゅっと結び、〈絶望(ゼツボウ)〉は微かに顔を上げ、クシナは片目を瞑り、ミオンさんは眉根を寄せ、ツクモはきょとんと首を傾げていた。

……いや、お前は分からんのかい。

〈不死鳥(しなずどり)〉も彼女の様子に気付いたらしい。

「第十支部と、その出資者(パトロン)との不和ですよ。前に話したでしょう?」

盟主はそう言って、ツクモに概略を教え始める。

それは少しでも【循守の白天秤(プリム・リーブラ)】の内情に踏み込もうとすれば、一番最初に得られる裏話だった。

通常、国営組織であるはずの天秤(リーブラ)には政府以外に出資者(パトロン)などいない。

しかし第十支部に関しては話が変わってくる。

十年前、第十支部は一度壊滅している。

桜邑（おうら）の前身となった大都市〝新宿〟が崩壊した夜のことだ。

つまり、俺の前で品良く座っている〈絶望（ゼツボウ）〉が元凶である。

それによって新設されたのが現在の第十支部。

その建て直しにあたっては、莫大な資金が必要とされた。

とても国税だけでは賄えず、民間企業や財閥からも融資を受けることで、かろうじて捻出されたという。

「その結果、第十支部は外部勢力の介入を受けざるを得なくなったのです」

「おおっ、思い出したぞ！　年中あてこすり合っているという、あの話か！　仲間同士だというのに、実に間抜けな話だなっ！」

その瞬間、クシナとミオンさんがサッと目を逸らしたのを見逃さなかった。

どうやら本人たちにも自覚はあるらしい。

「ともあれ、あちらの不和は私（わたくし）たちにとっては都合のよろしい話だったのですが……この度、その解消のための策を講じはじめたとのことです」

「ふむ。して、その策とは？」

「それが、〝見学会〟だと」

「……見学会？」

はい、と盟主は頷く。

「正義の使徒たる【循守の白天秤（プリム・リーブラ）】、その第十支部では日夜どんなことが行われ、いかに市民のために働いているのか。そのアピールということでしょう」

ついでに、そこに出資者（パトロン）も呼んでしまえば、彼らからの難癖の封殺と市民へのアピールを兼ねられる。

聞く限り、劇的な改善は見込めないが手堅く効果的な一手のように思えた。

考えたのは……ひょっとしたらあの人かもしれない。

「ふむ。つまり盟主殿はこう言いたいのだな？」

ツクモがしたり顔で頷く。

「天秤（リーブラ）の戦略に対して我らがどう動くのかを決めたい、と」

「いえ、違います」

「違うのか……」

ツクモはしょんぼりした。

「実は、これからどう動くかはもう決まっているのです」

「決まっているのか……」

ツクモはさらにしょんぼりした。

「その見学会に参加できる対象には、制限があるのですよ」

またしてもきょとんとする幼女を見て、〈不死鳥（しなずどり）〉は美しい笑みを浮かべた。

「それは十三歳までの児童であること。あるいは――」

その微笑みが、こちらへと向けられた。

「――男性であること」

第二幕　飛んで〝陽〟に入るイブキくん

ルイと仲良くなろう大作戦の第一歩を考えた結果、まず思い浮かんだ妙案がひとつ。

ルイと仲のいい人から情報収集をしよう！大作戦である。

というわけで、やって参りました目的地。

隣にあるというのに数年振りに訪れたそこは、昔とは違う、甘い匂いがした。

「いらっしゃい、おにーさん」

出迎えてくれたのは、かつての記憶よりもずっと成長した少女。

彼女は桃色の眼を細めて俺を見上げ、ちろりと唇を濡らした。

「今日、お母さんもお父さんもいないいんです」

「へっ、へえ、そうなんだぁ……」

その台詞に、一瞬ドキッとする。

意味深に聞こえてしまうのは、俺の心が汚れているからだ。

その言葉に深い意味などない。ヒナタちゃんは天然なのだ……。

しかし彼女のためを思うなら、ここで一度しっかりと注意しておくべきだろう。

「ヒナタちゃん、他の人にそういうこと言っちゃ——」

「お兄さんにしか言いませんよ？」

「あっ、うん……」

頬を軽く膨らませて、拗ねたように上目遣いで見られると何も言えなくなってしまいます……。

とめどない敗北感に浸る俺に、ヒナタちゃんはにっこりと笑いかけ、

「それじゃあ、――わたしの部屋に行きましょうか」

「え」

にっこりと笑う推しを、信じられない目で見つめる俺。

「いやいやいや、流石に女の子の部屋に上がり込むのは……」

「へえ」

ヒナタちゃんの笑顔、その質が変容した気がした。

「わたしの事、女の子だって意識してくれるんですね？」

「それは、まあ……」

だって女の子だし……というか推しですらあるし……。

言い淀みながらも肯定する俺をヒナタちゃんはジッと見つめた。

それから、

「でもごめんなさい、お兄さん。両親が出かける準備するのにリビングを散らかしていっちゃって」

えへへ、とはにかむヒナタちゃん。

数瞬前までとは打って変わって、幼い頃のような朗らかな雰囲気だった。

「リビングは恥ずかしいので、わたしの部屋がいいです。……ダメ、ですか？」

「ダメじゃないです」

推しのオネガイは正義だよね、うん。

いや、推しの部屋に入ったとてね？　邪な気持ちを抱かなきゃいいだけなんですよ。

俺の鋼の精神力を舐めるなよ……？

「ありがとうございます。上、行きましょうか」

「うん」

ヒナタちゃんの先導について、階段を登る。

と、ここで俺は気づいた。

本日は傍陽家に来たわけだが、ヒナタちゃんは外出時と変わらぬお洒落をしている。

これは、昨日のうちに俺が訪ねてもいいか訊いておいたからだろう。

部屋着のヒナタちゃんとか死ぬほど見てみたかったが、俺は身の程を弁えたオタクの鑑である。

推しへの熱い想ひを自分の中で供養する方法を習得している。

……別にちょっとガッカリなんてしてしていない。

していないったら、していない。

問題は俺ではなく、ヒナタちゃんの格好だ。

明るい花柄や所々にあしらわれたフリルなど、可愛らしいガーリーな装い。

春の陽光のようなヒナタちゃんにはよく似合っている。

けれど少し……そう、ほんの少しスカートが短すぎるかも……。

ヒナタちゃんが階段を登りはじめた瞬間に、それに気づいた。

ここで焦った俺は、ヒナタちゃんとの高低差を縮めにかかる。

で、ちょっと近づきすぎた。

「お、おにいさん……っ？」

「あ、ちが」

急に近づいてきた俺にびっくりして、ヒナタちゃんが肩越しに振り返った。

慌てて離れようとして——つるっと足を踏み外す。

まずい、と思いながらも壁に触れて《分離》。

勢いを殺すと、二段下で踏みとどまる。

しかし、安堵するのは早かった。

落ちそうになった俺を見て、ヒナタちゃんが掴んでくれようとしたのだ。

いきなり停止した俺と、飛び込んできた天使。

「うわっ」

「きゃあっ」

二人揃って、俺たちは落下する。

幸い登りたてだったので、大して高さはなかった。

「いてて……」

「ご、ごめんなさい、お兄さん、大丈夫で――――」

ほんの少しの行使。

それでも《分離》してしまった代償がやってくる。

俺は床に倒れ込んだまま、

「ひゃう……!?」

上に乗るヒナタちゃんを抱きしめた。

「ま、待ってくださぃ、嬉しいですけどっ、まだ心の準備が……っ」

「――――」

腕の中のヒナタちゃんが蠢き、必死に何かを言っているのは分かるが、思考がぼやけていて判然としない。

「……え、あれ？　……あ、これひょっとして……」

「――――」

あくまで軽くだったので、おそらく五秒くらいで代償（アンブラ）を支払い終える。

意識が浮上した瞬間。

俺は身体を横にしてヒナタちゃんを優しく転がす。

「ごめん、ヒナタちゃんっ！　大丈夫？　怪我は!?」

俺が身体を起こそうとすると、引っ張るようにしてそれを止められた。

止めたのはヒナタちゃんの手だ。

「どうしたの？　ひょっとして痛いところとか――」

「ふふっ」

「…………ッ」

今はちょうど、俺がヒナタちゃんに腕枕をするような体勢で寝転がっている。

つまり、推しのご尊顔が、とても近い――ッ。

「もっと、ぎゅうってしてもいいんですよ？」

「…………ぁ」

艶(あで)やかな弧を描く口元に、紫がかった光を宿す妖(あや)しい瞳。

吸い込まれるように釘付けになって、気づいた。

ヒナタちゃんの耳が真っ赤に染まっていた。

「どーしたんですか？　おにーさん」

それで察する。

ヒナタちゃんは、抱きしめてしまったことを俺が気にしないでいいように、こう言ってくれているのだ。

なんという天使っぷりだろうか。

俺は、自分にできる限り優しく微笑んだ。

「ありがとう、ヒナタちゃん。でも、無理しないでいいんだよ？」

「………へ？」

ヒナタちゃんが気の抜けた声を出した。

「ほら、耳まで赤くしてるし……」

「――――」

ヒナタちゃんが、目を見開いた。

そして、みるみるうちに、

「〜〜〜〜っ!!」

耳だけでなく頬まで真っ赤にする。

流石の身のこなしで跳ね起きると、熟れた頬を両手で押さえて、涙目で俺を見た。

「お、お兄さんのばか！　デリカシーなし！」

「あ、ちょ」

「もうっ！」

尻餅をついたままの俺を置いて、リビングの方に走っていってしまう。

「先に上がっててください！　飲み物持って行きますから！　……こっちに来たら許しませんからっ！」

「う、うん、わかった……」

彼女が消えていった方にぽつりと返事して、起き上がる。

「俺、なんかやっちゃった……？」

ヒナタちゃんの部屋はとても少女らしい部屋で、そろりと入った頃には先ほどまでの微笑ましさは少し薄れていた。

部屋の見た目の可愛らしさに負けないよう目を閉じると、甘い女の子の匂いがしてもっと緊張する。なので、クシナの落ち着く匂いを思い出して心を鎮めた。

なんてことをやっているうちに、冷静になったらしきヒナタちゃんもやってきた。

先程のことを忘れるように、二人して世間話をする。

そうしているうちに、俺たちの間にあった緊張感は溶けていった。

そのせいか、あるいは家だと気が抜けて不用意になってしまうのか。

俺の前に座ったヒナタちゃんはたまに膝を立てたりしていて、何とは言わないが危うい。

けれど、先程の大天使ヒナタちゃんを見ていた俺は、無敵のメンタルを手に入れていた。

自分の魅力を理解しておらず、まだまだ無警戒な彼女に微笑ましさすら覚える。

そんな俺に対して、なぜかヒナタちゃんは時々顔を赤くして「うぅ～」と唸っていた。

ともかく、俺たちの会話は順調だった。

――俺が、本題を口にするまでは。

「今日はその、雨剣(うつるぎ)さんのことを聞きたくて……」

「………。へえ、どうしてですか？」

ふと、推しの声色が暗くなった気がする。

「いや、その、できれば仲良くしたいなあ、なんて……」

ヒナタちゃんの瞳から、光が失われた気がした。

「ふぅん……まだタリナイんですね、おにーさん」

俺はごくりと唾を飲み込む。

また俺、なんかやっちゃいました……？

「ヒ、ヒナタちゃん？」

どうしよう、友達と仲良くしようとしただけなのに何か怒ってる……？

……ハッ！　なるほど！

ヒナタちゃんは、俺にルイを盗られると思って嫉妬してるんだな（名探偵）

「大丈夫だよ、ヒナタちゃん」

「……何がですか？」

うっそりと暗い瞳を俺に向けるヒナタちゃん。

だが安心してくれ。推しの心配を取り払うのが、オタクの本懐である。

俺は笑顔を浮かべ、

「（ルイの）一番は絶対、ヒナタちゃんだから！」

「はっ、はあ……っ？」

あれ？　なんかヒナタちゃんが「なに言ってんだコイツ」みたいな目で見てる……？

いや、天使なヒナタちゃんがそんなこと思うわけないか。

「昔からずっと、一番は君だよ。心配なんてしないで」

ともかく今はルイがヒナタちゃんを一番大事に思っているってことを強く伝えたい。

俺なんか数回殺されかけているもんね。

「え……ええ……？」

けれど、ヒナタちゃんはまだ信じきれていないようだった。

「いやだって、クシナちゃんとか……」

「クシナ？　クシナは関係ないでしょ」

「嘘でしょ……まさか気づいてないんですか？」

俺の知る限り、クシナとルイに接点なんてないはずなんだけど……ひょっとして会ったことあるのかな？　今度聞いてみよう。

「お、おにいさんって、ひょっとして、くずやろう……？」

ぼそぼそと何事かつぶやくヒナタちゃん。

伺うようにこちらを見てくるので微笑んだまま首を傾げると、彼女は慌てたように目を逸らした。

どうやらまだ迷いがあるようだ。

だが——だからこそ、ここで畳み掛けるッ！

「ヒナタちゃんと雨剣さんなら二人で幸せになれるよ！」

「ふっ、二人で⁉」

「？　うん」

ぶっちゃけ『わたゆめ』での百合は恋愛というより親愛寄りのものだった。

俺はどっちも尊いと思えるタイプのオタクだったので、どっちでも構わない。

「きょ、今日のお兄さん、何かヘンですよ！」

「え、そうかな？」

俺はいつもこんな感じだけど。

……しかし、ここまで言っても頷いてくれないとは、よほどルイを取られたくないと見える。

百合百合しててて結構だが、俺はこんなところで躓くわけにはいかないのだ。

こうなれば俺に残された手段はもう、真っ直ぐにぶつかることしかない。

隠す必要はないのだ。

——推しを最前列で見守り続けること。

俺はもう、それを心に誓ったのだから。

スッと背筋を伸ばして、ヒナタちゃんを真っ直ぐに見つめる。

すると、彼女はたじろいで、スカートの裾をきゅっと握った。

「ヒナタちゃん」

「な、なんですか……？」

「これは俺が、これからも君と一緒にいるために大切なことなんだ」

ヒナタちゃんが目を見開いた。

「君も薄々勘づいているだろうけど、俺と雨剣さんの仲は良好とは言えない」

「………」

「それでも、俺は君の傍にいたい」

「……っ」

推しとオタクとしてだけじゃない。

昔馴染みの兄代わりとしても、俺はこの子の力になりたい。

「だから、雨剣さんにもそれを認めてほしい」

「――……っ」

じわじわとヒナタちゃんの頬が赤く色付いていく。

……自分でも小っ恥ずかしいことを言っているとは分かっている。

それでも、

「君の傍にいたいんだ」

宣誓にも似た、推し活宣言。

果たしてヒナタちゃんは、

「ぁ、はいぃ……」

項垂れるように頷いた。

「今日のおにーさん、ちょっとズルすぎます。……ばーか」

「あはは」

流石に恥ずかしくて頬をかく。

でもこれくらい、ルイからの誤解を解くためなら大したことじゃない。

「なんか変な感じになっちゃったけど……これからもよろしく、ヒナタちゃん」

「はい、よろしくお願いします、おにーさん」

ヒナタちゃんは、美しく色づいた笑顔を咲かせた。

「それで、雨剣さんのことなんだけど……」

えへへ～と、やたら上機嫌なヒナタちゃんに、おずおずと本題を切り出す。

すると、彼女はムッという顔をした。

「お兄さんは本当にムードというものが分かってませんね」

「ん？　ムード……？」

「まあ、今日のところは許してあげます」

「ありがとうございます？」

「よろしいです」

ヒナタちゃんはツンと顎を上げた。

なにそれかわいい。……じゃなかった、本題です。

確認になるが、原作『わたゆめ』ではヒナタちゃんがルイと仲良くなったのは、正式に

【循守の白天秤(プリム・リーブラ)】に入隊してからのことだ。

養成学校(スクール)から溺愛、なんて話は一度も聞いたことがない。

つまり、そこで何かがあったはず。

俺はヒナタちゃんから「養成学校(スクール)で二人にあったこと」を聞き出さねばならない。

「ヒナタちゃんと雨剣さんは、すごく仲がいいよね？」

「はい、そうですね。本当の友達と、そう言ってもいいと思っています」

なんか「本当の友達」をめちゃくちゃ強調された。

やっぱり、友達を盗られないか、まだちょっと不安なんだろうな。

でも大丈夫！　俺は弁えたオタクなので百合の間に挟まる気はありません！

「仲が良いのは何より。養成学校(スクール)でも、何か特別なことがあったりしたの？」

「ルイちゃんとは……はい、色々ありましたけど」

お兄さんが聞きたいのは多分、と言って、ヒナタちゃんは真剣な表情をした。

「ここからの話は絶対に他言無用でお願いします」

「うん」

ヒナタちゃんも頷きを返してから、一度、深呼吸をする。

「天翼の守護者(エクスシア)の養成学校(スクール)にはインターンシステム、というものがあるのを知っていますか？」

インターンシステム、というのは『わたゆめ』では描かれていない。

本編開始時には、養成学校(スクール)編はすでに終わっているからだ。

だが、現実のインターンと照らし合わせるならば、

「【循守の白天秤(プリム・リーブラ)】での実地研修ってことかな？」

「はい。そこでは現役の天翼の守護者(エクスシア)の下について、二人一組(ツーマンセル)で行動し、天使の仕事を学びます」

そこで、ヒナタちゃんはふと俯いた。

「わたし達の時はちょうど強盗グループを捕縛することになったのですが、……そこで起きた不手際によって、犯人グループの一人が逃げ出してしまったんです」

彼女の目元には影が落ち、俺からは伺えない。

「わたしは焦って一人で追いかけてしまい、その不意を犯人につかれました」

「ええっ⁉　怪我はしていないの⁉」

問うと、ヒナタちゃんは力無く笑った。

「わたしは大丈夫です。ただ、その代わり、わたしを守ろうとしたルイちゃんは――」

桃色の瞳が、淡々と俺を射抜いた。

「――犯人を、殺してしまったんです」

灰色の空から落ちる雨粒が白磁の床を打った。
雨は静かに、しんしんと降りしきる。
水溜まりに波紋が生まれるたび、自分の視界が揺れたように錯覚する。

——雨は嫌いだ。

眼下に広がるは白く霞がかった桜邑の街並み。

第十支部の上層階にある広間、そのバルコニーからの眺めをルイは気に入っていた。

晴れの日は遠くの富士山まで見えるのだが、雨の日は街を一望することすらできない。

「雨剣隊員」

名を呼ばれてはじめて、ルイは自分が呆けていたことに気づいた。

振り返った先に立っていたのは、白銀の髪の女性。

彼女——夜乙女（やおとめ）リンネは、真紅の瞳をこちらへ向け、淡々と言葉を放った。

「なぜ最近、キミと傍陽隊員が二人一組（ツーマンセル）で行動させてもらえないか、分かっているよね？」

第十支部最強と名高い天使の問いに、ルイは俯く。

「……はい」

濡れた地面ばかりの視界に、リンネの黒い軍服がなびく。

白を組織の色とする【循守の白天秤（プリム・リーブラ）】にあって、自由に隊服の色を選べていることが、彼女の特別性を際立たせていた。

それほどの力があるということだが、ルイが彼女に頭が上がらない理由は他にもある。

「最近のキミたちは、調子が良くない」

リンネは粛々と、ルイとヒナタが離されている理由を告げる。

「正確に言うなら、表面的には調子が良い。二人とも九割方の事件で犯人をおさえている。しかし、傍陽隊員は〈刹那（セツナ）〉の部下を取り逃しつづけ、検挙率百%を誇っていたはずのキミはその数を落とし続けている」

言葉が止み、ルイは伺うようにリンネを見た。

彼女は無表情だったが、その瞳にこちらを責める色合いはない。

「いまなら、キミたちが完全に崩れる前に立て直せる。できることがあれば何でも言って欲しい」

そこにあるのは純粋な心配と、

「頼りない元・指南役だけどね」

あるいは自責の色だった。


——今からおよそ一年半前。

雨剣ルイは天翼の守護者（エクスシア）候補生として、養成学校（スクール）の中等部に通っていた。

成績は養成学校（スクール）史上最高。

座学、戦闘訓練ともに学年一位を譲ったことは一度としてない。

天稟（ルクス）である《念動力》の評価値に至っては、制圧能力、機動力、射程範囲、精密性、持続力全てがS評価という規格外ぶり。

そして何よりも特別視されたのは——その美貌だった。

平和の象徴（シンボル）として、そして偶像（アイドル）として。

英雄（ヒロイン）には、華が必要だ。

天翼の守護者（エクスシア）に最も必要な才能は〝華〟である、という者も少なくない。

その意味で、見る者全てを魅（ひ）きつける美貌は、彼女の武器だった。

——本人が、それをどう感じているかは別にして。

美貌という圧倒的な才を持つルイだったが、彼女は才に頼らなかった。

座学も、戦闘能力も、天稟（ルクス）も。

全ては彼女の積み重ねた圧倒的な努力に裏打ちされたものだ。

ゆえに彼女は養成学校（スクール）では〝秀才〟として扱われた。

そして、それに追い縋（すが）るのが、傍陽ヒナタ。

今の時代、憧れの職業である天翼の守護者（エクスシア）を志す者など掃いて捨てるほどにいる。

志望者たちの多くは、七歳で天稟（ルクス）に目覚めた時から夢に向かって能力を鍛える者がほとんど。

誕生日の遅い早いですら明確な差になる、とまで言われている。

そんな彼女らよりも三年も遅く天稟（ルクス）を発現させていながら、軽々と自分たちを追い抜いていくヒナタを〝天才〟と呼び特別視した。

〝秀才〟と〝天才〟。

これが養成学校（スクール）におけるルイとヒナタの立ち位置だった。

——その二人が、ペアを組んでいた。

彼女たちが歴代最高のコンビと呼ばれたのは必然。

本来は高等部で行われるはずのインターンに、中等部生である彼女たちが参加することになった時も、異例ながら納得と共に受け入れられた。

「キミたちが、歴代最高のコンビだね」

その時にルイとヒナタの指導係として抜擢されたのが、夜乙女リンネだった。

彼女も高等部を卒業したばかりではあったが、高等部時代から現場で活躍し、名を馳せていた。

次代の最強とも謳われており、この三人を組ませることでメディアの話題をさらう意図も大いにあっただろう。

結果として、そのインターンは各所で話題をさらうこととなる。

歴代最高の〝秀才〟が追い詰めた犯人を殺害した、という形で――。


「イサナさんは多分、キミと傍陽隊員に、英雄になってほしいんだと思う」

リンネが、ぽつりと言った。

「…………」

雨剣ルイは、言葉を返さない。

しんしんと、雨は降り続く。

軒先から雨粒が滴り落ちる。

ぴちょん、ぴちょん、と刻まれる音が、あの日を忘れさせてくれない。

濡れる建物、足元の水溜まり。

鈍色のそれらが、どうにも赤黒く見えてしかたない。

ルイと仲良くなるための一歩を探りに行ったら、初っ端から核心をぶつけられました。

きっと今の俺はハトがマグナムをぶち込まれたみたいな顔をしていることだろう。

——雨剣ルイは、雨が嫌いだ。

雨剣ルイが過去に犯人を殺してしまったという事件。

これは原作ではなかった出来事だ。

俺がその事件を知らなかったのは、テレビを敬遠しているせいもあるだろう。

だが、それ以上に大きいのは——話題性の乏しさだ。

おそらくメディアは、この事件を大して取り上げていない。

なぜなら、人を殺した程度、大したことではないからだ。

前世の日本なら大事に違いない。

公的権力による殺害などあろうものなら、鬼の首を取ったようにメディアは取り上げたはずだ。

けれど、この世界では日常茶飯事なのである。

犯罪者が異能力を駆使して暴れ回る以上、それに対抗する正義の力も大きくなって当然なのだから。

結果として犠牲者が出ようが、悪がのさばるよりも百倍マシである。

それに文句を言えるような恩知らずは流石にいない。

であれば、俺が頭を吹っ飛ばされたハトみたいな顔をしているのは何故か。

そう、俺という名探偵は衝撃の真実に辿り着いてしまったのだ。

——この世界のヒナ×ルイの百合は『親愛』じゃあないッ！

——『恋愛』だ……ッ!!

「おお、推し(主)よッ!!」

俺は心の広いオタクなので、百合＝恋愛とは捉えていない。

百合＝親愛のパターンは当然、百合＝敬愛のパターンだってあると思う。

というか他にももっと色々（以下略。

ともかく、原作『わたゆめ』ではヒナルイは親愛百合だったのである。

相棒としてお互いを支え合う姿のなんと尊かったことか。

しかしこの世界では彼女たちの百合は『親愛』にとどまらず『恋愛』にまで昇華されていると、この名探偵イブキは考えている。

理由はいくつかあるが、主なものは二つ。

一つは、ルイから俺への殺意が尋常じゃないこと。

嫉妬程度ならば理解できるのだが、殺意までいくとヤバい感じが出てくる。

というか、実際に「ルイが殺(ヤ)ってる」というのは確認したし、相当にヒナタちゃんを愛しているのは間違いない。

これだけならば、まだ親愛→恋愛への変化を確信するまでには至っていなかった。

これを補強した二つ目の理由がヒナタちゃん側の態度である。

そう、今回のお宅訪問中に俺が「ルイと仲良くなりたい」と言った瞬間に見せた、ヒナタちゃんのヤンデ……暗い雰囲気である。

あれは確実にヒナタちゃん側もルイのことを愛しているに違いない。

が、ここで重要なのがヒナタちゃんが自分の好意に無自覚だったという点である。

だって「ルイと二人で～」って言った瞬間、めちゃくちゃ慌ててたし。

かわいい。

あれほどにバレバレな好意を持っていて何故、無自覚なのか。

まったく、この鈍感系主人公めっ！

鈍感なヒナタちゃんもかわいいけど、あの調子では養成学校(スクール)にいる間もルイは随分と振り回されたことだろう。

彼女の気苦労が偲(しの)ばれるね。

これによって、俺がこの世界でルイに遭遇してからずっと抱いていた疑問が解決した。

──なぜ雨剣ルイは傍陽ヒナタを溺愛しているのか。

つまりヒナタちゃんは、無自覚好意からくる距離感のバグりで知らず知らずのうちにルイのことをオトしてしまったのである……！

まったく、この鈍感系主人公めっ！　（二回目）

これで全ての謎は解けた。

となれば、俺のやるべきことは定まったも同然であった。

つまり、ルイに「俺は百合の間に挟まるつもりはないよ！」アピールをすればいいのである。

勝ったな、ガハハ！　よぅし待ってろよ、支部見学会！

伝えられる範囲で親友（ルイ）のことを伝えた後。

何故かルンルンで隣家に帰っていくイブキを見送ったヒナタは、ドアに背を預けた。

そして、息をつき、

「――って、なに良い感じになっちゃってるんですか、わたし⁉」

いい感じ、とは当然「おにいさん」こと指宿イブキとの関係を指している。

頬をおさえながら、先ほどのイブキとの話を思い返す。

「だ、だって、お兄さんにはクシナちゃんが……」

でも、アレはどう考えてもそういうセリフだ。

雰囲気に流されて、どういうつもりか詳しく聞きそびれたのはヒナタ渾身の大失敗である。

こうして冷静に振り返れば、問題しかない。

それどころか、他の問題すら浮き彫りになってくる。

「そもそもお兄さん、クシナちゃんにはバイトのことなんて説明して――」

そして、ソレを浮き彫りにしてしまった。

「ぁ、え……？　クシナちゃんって、お兄さんが【救世の契り（ネガ・メサイア）】入ってること、知ってるの……？」

自分で口にしたそれは疑問の体を取っていたが、ヒナタは確信していた。
クシナが、それを知らぬはずはない、と。

第三幕　聖地巡礼

【救世の契り（ネガ・メサイア）】本部〈巣窟（ネスト）〉地下七階。

この階層は丸々クシナに与えられているが、今までほとんど使ってこなかったらしい。

まあ、いつも俺の家にいるし……。

無論たいした手入れがされているわけでもなく、階層中央にはまあまあの広さの空間が放置されていた。

ちょうど、軽く動き回るにはもってこいの場所。

「――シッ！」

俺が床を蹴ると、慣性を失った体がかき消えるように飛ぶ。

《分離》によって重さを失うのは一瞬。

加速度はそのままに質量が戻るため、着地が難しいどころの話じゃない。

しかし俺の目には視えている。

足と地面が触れる瞬間が。

再び《分離》し、停止。

進行方向から直角に切り返す。

切り返した先で三度《分離》し、全力で地を蹴った。

ジグザグな高速移動によって回り込んだのは――クシナの背後。

手に持った鉄の棒を躊躇なく振る。その最中、

「――――」

肩越しに、クシナの目が俺をしかと捉えていた。

彼女が最短経路でこちらに手を伸ばす。

動き出しは向こうのほうが遅かったにも関わらず、鉄棒は呆気なく掌握され――と、思った時には俺の体は空中で一回転していた。

「っ⁉」

クシナの動きは視えていた。

鉄の棒を掴んで、軽く捻っただけだ。

それだけだったはずなのに何故か俺の方が宙を舞い、落下。

背中から地面に激突する。

「はい、ここまで」

「げほっ……けほ」

かろうじて身を起こすと、クシナが背をさすってくれる。

そのまま代償の解消のため、彼女を抱きしめた。

「ごめん、よろしく……」

「はいはい」

その間も背中をさすってくれていたクシナだったが、落ち着いてきた頃、彼女は言った。

「天稟(ルクス)を使って立ち回るのには随分慣れたわね」

「どうせ格闘はからっきしですよー」

「そんなこと言ってないでしょ、もう」

しかたないなぁと笑うクシナ。

「まともに戦いを学び始めて二週間程度しか経ってない人に幹部(あたし)が負けたら大変でしょ」

「まあ……」

信用していたからこそ、本気で殴り掛かったわけだしね。

余談だが、俺の得物が鉄の棒なのもクシナの言いつけによる。

初めはカッコよく剣を持とうとしていたのだが、「素人には文字通り無用の長物よ」と嗜(たしな)められて断念した。

当面、俺の武器は何の変哲もない只の棒である……。

「棒術の方はまだまだ訓練が必要ね。一朝一夕にどうにかできるものでもないし、今は天稟(ルクス)の応用を利かせたりする方が現実的だわ」

「はーい……」

俺が不貞腐れ、クシナが苦笑していた、その時。

「すごいですね。まるで二人きりの世界ですよ」

掠れ声（ハスキーボイス）が響いた。

この場にいる、もう一人のものである。

彼女は、この殺風景な空間の壁際に静かに腰掛けていた。

その純白の衣装や長髪によって、黒い背景から浮き上がるようだ。

「わたくし、影が薄いのでしょうか。——盟主なのに」

ぱちりと瞬いた黒真珠の瞳が、抱き合う俺たちを捉える。

クシナは恥ずかしそうに離れるが、俺は盟主〈不死鳥（しなずどり）〉から目を離せない。

抜けるように白い肌と、聖衣のような真白の装束。

ホルターネックかつチャイナドレスのように深いスリットとかなりの露出だが、不思議と情欲を煽らない。

どういう理屈だかは分からないが、きっと彼女の神聖な雰囲気がそういった俗っぽい感情を失わせているのだろう。

俺が注目していたのは彼女の格好ではなく、その横。

壁に立てかけられた、旗である。

二メートルほどの長さを誇るそれは、持ち主に呼応するように白かった。

何より、その先端は槍の穂先のように刃がついている。

「――お察しの通り、これがわたくしの武器ですよ」

俺があんまりにも分かりやすく見ていたものだから、彼女は微笑んで教えてくれた。

感嘆と共に見ていると、クシナが揶揄うように言った。

「鉄の棒のランクアップ先、見つかったわね」

「別にわたくしは自らの得物を自慢しにきたわけではないのです」

次の任務のことですよ、と言って〈不死鳥（しなずどり）〉が切り出したのは、

「そもそも我ら【救世の契り（ネガ・メサイア）】の目的は『弱者の救済』です」

悪の組織の核心だった。

弱者救済。

それは反体制派の人々に体よく使われる標語の一つ。

この世界にも反体制組織はいくつかあるが、最も大きく最も人々に恐れられる【救世の契り（ネガ・メサイア）】の標語も凡百のそれと変わらない。

「正直、俺はそれを信用してません」

「…………」

俺の言葉に、盟主は微笑みを浮かべたまま押し黙る。

その黒瞳が不気味に光った気がした。

俺の脳裏にあるのは、【救世の契り(ネガ・メサイア)】の構成員が暴れ回る様子。

〈剛鬼(ゴウキ)〉は命令違反の暴力者だったらしいが、それを差し引いても構成員たちが色々な場所で問題を起こしているのは知っている。

直接、その現場に出会(でくわ)したことも何度もある。

「あんな風に市民を巻き込んでおいて、それが――」

「――必要なんですよ」

「……………っ」

こちらを遮る掠れ声(ハスキーボイス)の主は最初からずっと、変わらぬ微笑みを湛えている。

「犠牲になった方は気の毒だとは思います。わたくしも胸が痛みます。彼らのご冥福を祈っています」

まるで絵画に描かれる聖女のように。

胸の前で両手を組み合わせる。

「けれど、その程度、些事にすぎない」

黒々とした瞳が、俺を絡めとるように離さない。

「少なくとも、わたくしたちにとっては、そう」

瞬き一つしないその眦(まなじり)から、つう……と二筋の涙が溢れた。

「あら」

彼女は首を傾げ、頬に繊手を這わせる。

きょとんとして濡れた己の手を見てから、俺に視線を寄越す。

「あなた、なんだか不思議ね」

こちらの台詞だと言いたいところを抑えていると、〈不死鳥（しなずどり）〉は俺の斜め後ろに立っているクシナへ視線を滑らせた。

「クシナ。あなた、何も言っていないのですか？」

「――聞いてませんよ」

クシナが口を開くより先に口を挟む。

「『言わなくていい』と俺が言いましたから」

それは昔、クシナが前・第三席だった義母の跡を継いだ時に、俺が言った言葉だった。

そしてその時、彼女も『できる限り誰も殺さない』と自身に誓い、第三席を継いだ。

「…………」

幼馴染は黙り込んだまま。

盟主はそれ以上踏みこむ気はないのか、あっさりと「そうですか」と言って壁に背を預けた。

「であれば、クシナが信じるわたくしのことも信じてほしいです」

後ろ手を組んで上体を倒すと、俺を下から見上げるようにして人懐こい笑みを浮かべた。

「ね？」

「…………」

何か代えがたい目的があって〈不死鳥（しなずどり）〉、ひいては【救世の契り（ネガ・メサイア）】が行動していることは察せられた。

ただの愉快犯にクシナが手を貸すとは元から思っていない。

「とりあえず、今は納得しておきます」

盟主はやはり微笑を浮かべて、満足そうに頷いた。

「――と、そうではありません。本題はこのあとです」

豊かな胸を張って、腕を組む。

「我らの目的を叶えるためには、必要不可欠な『鍵』があるのです」

「鍵？」

「そう」

そして彼女は腕を組んだまま、自分の横に立てかけられたソレを指差した。

「この『旗』と同じものが第十支部にあるかどうか、それを探ってきてください」

ブラッドローズ家。

古くは神聖ローマ帝国の自由都市で銀行業を始めたことで知られる、ヨーロッパ経済史上でも指折りの名家である。

現在でも世界最大規模の私有財産を有し、当主は代々財閥（コンツェルン）の総帥を継承している。

当代の家長は、ローゼリア・C・ブルートローゼ。

または、ローゼリア三世。

それが世界で最も有名な武器商人の名である。

【循守の白天秤】第十支部、ヘリポート。

超高層ビルよろしく屋上に設置されているそこに、一機のヘリが着陸した。

厳重な警護に囲まれて、一人の女性が機体から降り立つ。

豪奢なストロベリーブロンドの髪を靡かせハイヒールを鳴らす彼女を、信藤イサナは一礼とともに出迎えた。

「ようこそいらっしゃいました、ブルートローゼ様」

「出迎えご苦労」

短い返答の後、ローゼリアは前髪に隠れていない方の眼でイサナを見る。

その深い紫の瞳と真っ向から向き合いながら、イサナは微笑とともに首を傾げる。

ローゼリアはかすかに眉を上げ、

「貴様に笑顔は似合わんな」

「おや、ひどい」

辛辣な言葉にも動じず、イサナは「こちらです」と言って彼女を先導しはじめた。

振り向きざま、ローゼリアの影に控えるように佇む一人の護衛と目が合う。

刺すような鋭い眼光を返され、辟易とした。

(手練れだなぁ。護衛にしちゃ殺意高そうなのが玉に瑕かね。でもまぁ……)

ひっそりとローゼリアに視線を滑らせる。

絢爛なドレスを身に纏い、肩に掛けるのはカーキ色のミリタリージャケット。

まさに威風堂々といった佇まいである。

（この人にはお似合いの護衛だこと）

内心でため息を吐く。

今回の見学会でターゲットの一つとしているのが、ローゼリアのような大物のパトロンである。

第十支部はここ最近の大規模襲撃によって信用を落としかけている。

これを機に支部のやり方に口を挟もうとしてくると思われるのが、パトロンたちだ。

しかし、彼女らにみすみす介入の余地を与えるつもりはない。

公的機関としての公正性を保証するためにも、イサナは先手を打ってそれを潰そうとしていた。

現時点でかなりダルさを覚えているイサナだったが、彼女にはもう一つの狙いがあった。

（さぁて、もう一人のターゲットは何を考えてらっしゃるのかね）

◇◇◇◇◇

――ああああああああ聖地巡礼キメてるううううううう！！！

【循守の白天秤】第十支部。

俺はその真下に立って、その白亜の城の如き威容を見上げていた。

この世界で生きていれば流石に何度も来たことはあるが、外から見て通り過ぎるだけだった今までは違い、今日はなんと！　中に！　入れるのである!!

『わたゆめ』作中でも数え切れぬほど登場した舞台。

最後に読んでから十八年経っていても、実際に見ればどのシーンで使われていたか思い出せることだろう。

――と、思っていた時期が俺にもありました……。

実際に支部のエントランスに入ってみても、全く絵が思い浮かばん……。

「やばい、まったく思い出せん」

「まあ、当然といえば当然か」

第十支部はこの建物で二代目だ。

十年前の【幽寂の悪夢】で新宿が滅びた時に、初代・第十支部も壊滅の憂き目にあったからである。

それ自体は俺もよく覚えている。

テレビの画面越しにも衝撃的な光景だった。

――その衝撃で、前世の記憶を思い出したくらいには。

ともかくそんなことがあって再建された新第十支部は、下層階が天稟（ルクス）絡みでない事件を担当する警視庁のもの。上層階が、我らが天使様たちの楽園となっている。

つまり一階エントランスは警察の管轄であって、天翼の守護者（エクスシア）とは大した縁のある場所ではないのだ。

多少の物々しさはあるものの、普通のオフィスビルとほぼ同じ。

強いていえば、めちゃくちゃ広いことくらいか。

他に違うところがあるとするならば――、

「ええい！　我は賓(まれびと)であるぞ！　は～な～さ～ん～か～っ！」

エントランス中央に位置し、この広大な一階の天井までをぶち抜く円柱。

その前で、見覚えのあるちっこいのが、聞き覚えのある尊大な台詞を叫び散らしていた。

そう、うちの幹部、第五席〈玩具屋(ガングヤ)〉こと十時(ととき)ツクモである。

彼女が受付のお姉さんにとっ捕まっていた。

それ以外は特筆することもない、ただのオフィスビルのエントランスで――、

「――って、大問題だなっ⁉」

◇◇◇◇◇

「ふう、助かったぞ。我が僕(しもべ)よ」

ちっこいのが額の汗を拭う仕草をした。

パーカーの袖が余っていてダルダルなので、なんだか間の抜けた感じがする。

……さすがにこの厨二病も救世(メサイア)のローブでは来なかったらしい。

色々言うことはあるが、まず最初に言うべきはコレだろう。

「俺は君の僕(しもべ)じゃない。クシナの僕(しもべ)だ！」

ツクモが不満げな顔をする。

「む。ヒラの構成員なのだから、等しく我ら幹部の——むぐっ」

「わー！　あー！」

と、横で「……しもべ？」と顔を赤らめていた受付のお姉さんがツクモの言葉に怪訝（けげん）そうな表情を浮かべたので、慌てて口を塞がせる。

「あはは、すいませんね。妄想逞（たくま）しいお年頃でして……」

「むぐぅーーー！！」

「は、はあ……」

困惑した顔のお姉さん。

彼女から聞いたところ、うちのポンコツ幹部はどデカいエレベーターに興奮して飛びつきそうになっていた所を捕獲されたらしい。

悪目立ちしたのはよくないが、正体がバレたとかじゃなくてよかった……。

まあ冷静に考えれば、第五席は世間的には謎の人物だし、バレようがないんだけど。

「……あの、失礼ですが、お二人はどういったご関係で？」

「上司とぶ——むぐぅ」

「めっちゃ従兄妹ですぅー！」

「は、はあ……ご血縁の方だったのですね」

受付のお姉さんは若干の困惑を残しながらも、ツクモを俺に預けて戻って行った。

俺はさっそくツクモに注意する。

「いいか、ツクモ。俺たちは従兄妹だ」

「いや、我は幹部で――」

「い・と・こ・だ」

「う、うむ……」

しぶしぶといった風に頷くちびっこ。

彼女に「この歳の差で上司と部下は異常」と言ったら「異常……！　非日常のかほり……！」とか言い出したので、「血の繋がった兄妹が潜入任務ってカッコよくね？」と言ったらお目目キラキラで了承してくれた。チョロいね。

「では〈乖離（カイリ）〉よ、汝は今日より我の〝兄様〟だな‼」

「………ん？」

にいさま……？

なんか最近よく耳にする響きに似てる気が……。

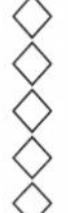

今回の見学会の参加者は『男性』か『子供』に限定されている。
天使に馴染みのない男性と、天使への憧れを持たせたい子供をメインターゲットに据えた、というのがよく分かる。
安全保障上の観点からも、天稟（ルクス）に目覚めている可能性が低い者たちを集めるのは合理的だ。

ちなみに今回の見学会、みんなの英雄、天翼の守護者の本拠地を見られるとのことで応募総数はとんでもない数にのぼったらしい。

恐ろしい倍率を乗り越えた精鋭が、百名。

そのうち九割以上が――、

「きゃー！　すごーい！」

「ここ……もう天使さまたちの家……っ」

女児である。

「………」

先ほどツクモが騒いでいたエレベーターホールには俺をはじめ、見学会の参加者がひしめいていた。

見た感じ、見学者のうち残り一割も男子ではあるものの小学生。

俺くらいの歳の奴などいない。

「……俺にはレオンがいるからいいもんね」

「どうした、兄様よ？」

「なんでもない」

不思議そうに見上げてくるツクモに、首を振る。

彼女はきょとん、としていたが、ふと不敵に笑った。

「くはは、さては元気がないな？　そんな兄様に……」

ツクモは斜め掛けにしているショルダーポーチに手を突っ込んだ。

そして、ゴソゴソと中を漁る。

「む？　うーん、ここら辺に……むむむ？」

長いこと弄くりまわしているが、小さいポーチなのでどう考えてもそんなに広さはない。

ツクモは手を引っこ抜いてから破顔した。

「すまぬ。広大すぎて、どこへやったか分からなくなった」

「そんなわけなくない？　言い訳下手か？」

「むっ、違うぞ！　本当にこの中は広大なのだ！　なにせ――」

そこで声を潜めて、俺の服を摘んでつま先立ちをし始めた。

足がプルプルしていたので顔を近づけてやると、満足そうに頷く。

「何を隠そう、このポーチには《収納》の天稟（ルクス）の効果を与えている」

「収納……？」

「うむ。兄様が持っている〝懐中時計〟と同じだ」

「！」

俺の持っている懐中時計といえば、【救世の契り（ネガ・メサイア）】の証であるアレしかない。

リューズを捻るとローブが出てくるアレである。

そういえば、いつだったかクシナが言っていた。

「アレを作ってるのは、幹部の一人だって……」

「うむ。我のことに相違ない」

そして、これ以上ないほど得意げな笑みを浮かべた。

「ゆえにこそ、我は〈玩具屋（ガングヤ）〉と名乗っているのだからな」

「……これはお見それした」

「くっふっふー！　もっと褒めるがよい！」

すっかり調子に乗った様子の幹部さま。

なんか犬みたいで癒されるかも……と思っていると、

「しかし勘違いするでないぞ？　我の能力は《収納》などではない」

「……え？」

「それは別の構成員から拝借しているものだ」

なんか凄いカミングアウトをされた。

驚く俺をおいて、調子に乗った彼女は喋り続ける。

「我の天稟（ルクス）は――《付与》である」

「ふよ……？」

「そう、万物に〝状態〟を付け与えることができるのだ……！」

すごいだろう？　褒めろ？　と目で訴えてくるツクモ。

確かに凄い。というかヤバい。

『万物に』って枕詞がつくヤツは基本的にヤバい。

あのヒナタちゃんと同列に語っていいクラスの超有能な天稟（ルクス）である。

そのうえ他人の天稟ルクスの効果まで付けられるとか、それなんてチート？

さすが幹部と言わざるを得ない……こんなちっこいのに……。

が、手放しでそれを讃える前に、俺には気になっていることがある。

「それ言っていいやつ？」

「……あっ!!」

急にワタワタし始める幼女。

「そ、そのぅ……で、でも兄様は〈刹那セツナ〉の相棒なのだから、問題ないであろう？　な？　な？」

「う、うん……」

なんか可哀想になったので頷くと、ツクモは露骨に安堵したようだった。

なにやら「〈不死鳥しなずどり〉は怒ると怖いのだ……」と呟いている。

……ちょっと分かる。俺もあの人なんとなーく怖い。

浮世離れしてて掴みどころないし。

「ふ、ふふん！　黙する対価として兄様には我の新作をやろう！」

すっかり調子を取り戻した様子でツクモが尊大に言って、ポーチに片手を突っ込んだ。

「新作？」

「うむ、懐中時計を応用して出来上がった――コレ！」

腕を引き抜くと、そこには銀の腕輪が握られていた。

「《収納》というからには、まさか……」

俺の脳裏をよぎるアイテム。

ファンタジー小説とか好きな人なら全員思い浮かべるだろう。

「ア、アイテムボ――――」

「カッコよく登場したい時に紙吹雪(ふぶき)を巻き起こす腕輪である！」


俺は真顔になった。

「なんでそんな役に立たないもん作っちゃったの……？」

「な、なにっ⁉　カッコイイのは最も重要なことだろが――――！」

「…………」

こんなポンコツ担当と二人で潜入して大丈夫なのだろうか？

マトモ担当が俺しかいないじゃないか……。

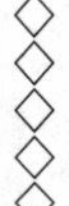

全員の集合を確認してから、緊急出動時にしか利用できないという中央の巨大エレベーターで百人一斉に【循守の白天秤(プリム・リーブラ)】の本部へ昇る。
ちびっこ達の群れの中で一人だけ成人男性が乗り込むのは死ぬほど恥ずかしかった。引率でやってきていた奥様方からの不思議そうな視線が心に突き刺さっている。なぜか「テレビの撮影かし

ら」とか話していて好意的な雰囲気だったのだけが救いである。

と、「ポーン」という到着音が響き、俺の羞恥心も消え去った。

扉が開いていくその先に、楽園があった。


「――――」


上にも横にも開けた空間。

石造りが見てとれるそこは、教会と表すのが最も近いだろう。

それを見た瞬間に、一階エントランスでは思い出せなかった支部の全貌が思い出されてくる。

【循守の白天秤（プリム・リーブラ）】は天使の居城。

それゆえ大聖堂じみた外観に違わぬ教会建築の内装が広がっている。

古い教会の特徴一色というわけでもなく、ここ数年で建て直されたばかりとあって現代風にアレンジされている。

エスカレーターなども自然に組み込まれており、まさしくネオ・ゴシックな教会だった。

そして何より、

「【循守の白天秤（プリム・リーブラ）】へ、ようこそ」

エレベーターを降りた先には天使達。

今日、見学者達を案内するために集まってくれた天翼の守護者（エクスシア）数十名。

その端の方に、――いた。

「…………っ！」

ヒナタちゃん!!

いやあああああ！！！

聖地に！　推しが!!　いるうううううう！！！


――はあ………？？？


「っ！？！？」

突如、頭の中に見知らぬ人間の疑問ともため息ともつかぬ声が響いた……気がした。

「………気のせいか？」

周りを見ても俺に目を向けているのは、笑顔で手を振ってくれている大天使ヒナタちゃん。

そして、その横に並び仄(ほの)暗い雰囲気を纏っている雨剣(うつるぎ)ルイ。

「あ、はは……」

俺は今日、彼女に『君たちの間に挟まるつもりはありません』アピールをするためにここへ来たのだ。

気を引き締めているうちに、さっきの空耳は俺の中で薄れていった。

案内人たる天使たちの先頭に立って見学者一行を出迎えたのは副支部長だった。

彼女、信藤イサナは思った。

――わっけわからん、私もうダメかも。

表情を全力で固定させながら、観察対象（イブキ）の脳内を覗き見てしまったことを後悔する。

覗き見てしまった魔境は、天翼の守護者（エクスシア）に対する好意で百二十パーセント埋め尽くされていた。

悪の組織の構成員って話だったんだけどなぁ……と窓の外の青空を見つめる。

天使に好意的なのは朗報だが、状況はますます理解不能になった。

自分が案内する予定のローゼリアを窺い見る。

ただでさえ、やり手の武器商人の相手までしなければならないのだ。

あの訳わからん男の観察とか無理じゃなかろうか。

「帰って、少女漫画でも読もうかな……」

イサナのため息が哀愁を誘った。

俺と九十九人の幼児は、最初の見学場所へと移動していた。

ヒナタちゃん達を始めとした天翼の守護者（エクスシア）はツアー一行の周りを囲むように陣取っている。

さすが天使の園は通路も広く、百五十人近い大所帯が歩いていても狭苦しく感じない。

「この第十支部は実は新しく作られた支部だって、みんなは知ってるかな？」

先頭を歩くメイド服の女性が、子供達に問いかけた。

「知ってるー！」

「ママが言ってたー」

聞かれた子供達は随分と気楽に答えている。

あまり緊張していないのは高揚感と、先導する彼女の醸しだす気安い雰囲気のおかげだろう。

「うんうん。みんな覚えてて偉いねー」

当然ながら、俺は彼女のことを知っていた。

信藤イサナ。

『わたゆめ』一巻よりレギュラー出演している、主人公ペアの上役である。

先程さらっと自己紹介をしていたが、第十支部の副支部長。

子供達にはあまり凄さが伝わってないみたいだが、ヤバい。普通に超お偉いさんです。

そのクセの強いキャラと、ごく稀に見せる鋭い表情のギャップにやられた読者は数知れず。

戦闘シーンの描写がないにも関わらず、人気投票では上位入賞を果たしていた猛者でもある。

ちなみに、なぜメイド服を着ているのかはワカラナイ。

原作でも、初対面の時にヒナタちゃんが疑問を抱いたきり触れられていない。

しかし分かるな？

オタクに、メイド服が嫌いな奴はいない（断言）

つまり俺も大好きでーす！

いやぁ、立ち位置がね？　美味しすぎるでしょ。

天稟不明なのも相まって「確実にこのあと本筋に絡んでくるキャラ感」が凄かったよね。

さっきから定期的に俺と目が合うけど、その度にこっちは「キャー！　目があったあああ!!」ってなってる。

絶対勘違いじゃない。俺と目があった。

あ――きゃあああああ！　また目が合った！

「………………ッ!?」

なんか得体の知れないものを見るような目を向けられてる気がするけど、まあ、幼児集団の中に成人男性一人いたら、そりゃやりづらいよね。

「じゃ、じゃあ、この支部がいつできたか知っている子はいるかな？」

彼女は一瞬で視線を逸らすと、目線を下げて子供達を見た。

俺を視界に入れないようにしてるわけじゃなくて、幼児ズに語りかけるためだろう。

「十年！」

「お、知ってる子がいるねー」

「テレビで見た！」

「おー、よく覚えてたね！　すごい！　そう、日本中に五十以上ある【循守の白天秤】の支部だけど、新しい第十支部は一番最近建てられたのです。つまり――あ、着いたね」

その言葉に前を見る。

通路の壁には、この先に何があるか書かれており――、

「『訓練場』……？」

トンネルの出口みたいに、その先は大きくひらけていた。

イサナさんは腕を広げて振り返る。

「一番新しい、つまり設備がとっても良いのです！」

騒がしくしていた子供達が言葉を失い、そのあとでワッと弾ける。

俺たちの目の前には、炎の靡く地、小さな湖、ちょっとした森。

その他諸々、建物の中とは思えない光景が広がっていた。

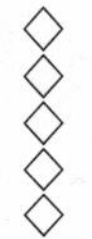

（もういいや、アイツに害とかないだろ）

訓練場までの案内を終えて、イサナはため息をついた。

ここまで〈乖離（カイリ）〉を観察した結論である。

（むしろ頭んなか覗き見てる方が害だわ）

まったく意味がわからない。

なんで自分のファンみたいな思考回路してるんだ。

こっちは表舞台に顔を出すことすらないのに。

アレか、メイド服か。メイド服が好きなのか。

と、全く気の抜ける推測ばかりが脳内を駆け巡っていく。

緊張感が保てないので、〈乖離(カイリ)〉くんは放置。

とりあえずは自分の担当に集中することに決める。

「シンドウ」

はしゃぐ見学者集団を部下たちに任せて離れると、あらかじめ訓練場に案内済みだったハイエナ共——失礼、パトロンのお歴々達が自分の所へやってきた。

彼女達を率いてくるのは死の商人、ローゼリア・C・ブルートローゼだ。

「お待たせしました、ブルートローゼ様」

「構わん、こちらも与えた金の使い道が分かって一安心したよ」

彼女は訓練場を流し見た。

天翼(エクスシア)の守護者それぞれが自在に天稟(ルクス)を振るえる環境を維持し続けているため、かなりの莫大な資金が溶けている。

それでも世界一の商人として名高いローゼリアにとっては端金(はしたがね)だろう。

一安心とは笑わせてくれる、という皮肉をイサナは噛み殺した。

「この前の襲撃以降、天翼(エクスシア)の守護者は何をしているんだと心配でね」

「それはどうも、ご心配おかけして申し訳ありません」

「いやいや」

ローゼリアは口角を上げる。互いに本心は筒抜けだろう。

（さぁて、弱みにつけ込みにきた狸と化かし合うとするかね）

イサナは本腰を入れる覚悟を決めた。子供達（＋α）とは別行動での移動を開始する。

「…………？」

訓練場からの去り際、ローゼリアの護衛が見学者一行をジッと見ていることに気づく。

彼女はすぐに視線を逸らし、その鋭い目とイサナの視線が交差した。

「どうした、シンドウ」

「……いえ」

ローゼリアに尋ねられ、イサナは視線を切って案内へと戻った。

◇◇◇◇◇

訓練場の端で、

「うむ、これはすごいな」

我らが技術担当がフィールドを見回して頷いていた。

「君から見てもすごいんだ」

「特に金の掛け方がな。超常の力（ルクス）は使われていない。科学だけでコレをやっているようだから恐れ入る」

のほほんと辺りを見回すツクモだが、頭の中では色々と計算をしているのだろう。

「我なら天稟（ルクス）の付与でフィールド自体は作れるが、手間が尋常ではない。端的に言って、維持がダルい」

「なるほど」

見た目と普段の言動はそこらへんにいるチビっこ達と変わらないが、やはりこういう所は凄いなと思う。

「は～い、それでは危なくない範囲で皆にも見学してもらおうと思います」

いつの間にかイサナさんはいなくなっており、代わりに朗らかな天翼の守護者（エクスシア）のお姉さんが先導していた。

「お友達と来た人はお友達と一緒になってもらえるかな～？」

「⁉」

突如として襲いかかる既視感（デジャヴ）。

これは――体育の時間に襲来する「二人組を作ってください感」だ……ッ！

やめてくれ……その言葉は、ことごとく男子にハブられてきた俺に効く……。

しかし、今日の俺を舐めるなよ。

今日の俺にはツクモという心強い仲間がいるのだ！

「？」

自信満々に見ると、ツクモがこてんと首を傾げた。

なんか可愛かったので撫でておく。

今日は元々、二人組から三人組での申し込みのみとなっている。

一人ずつでバラバラに動かれると面倒だからだろう、とツクモとのペアチケットを渡してきた

〈不死鳥(しなずどり)〉は言っていた。

「それじゃあ、それぞれのグループにこれから担当の天翼の守護者(エクスシア)が付きます。今日はその人たちの言うことを聞くようにね～」

やったー！　とか、誰々が良いーー！　みたいな声があちこちで響く中、天使たちが散らばっていく。

俺たちの所に来たのは、

「お兄さんっ」

小走りで近づいてくる天使。

「ヒナタちゃん！」

――と、その後ろで刺すような視線を寄越す雨剣ルイ。

今日は、彼女と俺の戦いでもある。

俺が腹を括っていると、横から袖を引かれた。

「この天翼の守護者(エクスシア)と知り合いなのか？」

「………………」

やべえ、考えてなかった。

いや普通に話せばいいか？　と頭を高速で回す最中、ツクモが俺の言いつけ通りの呼び方をした。

「兄様」

「は？」

ヒナタちゃんの瞳が消灯した。

ヒナタはうっそりとした目をお兄さん——イブキへと向ける。

すると彼は面白いほど慌てて言葉を紡いだ。

「あっ、えっと、この子はそう、親戚の子でツクモちゃんって言うんだ」

「む？　いと——むぐっ」

「ハハハ……っ」

何か言いかけたツクモの口を塞いで愛想笑いを浮かべるイブキ。

「親戚、ですか」

「そうそ——」

「初めて聞きましたけど」

「——いやほら、わざわざ『親戚にこんな子がいてね？』なんて話さないでしょ？」

「まあ……」

隣にいるルイは知らないだろうが、ヒナタはイブキの正体を知っている。

悪の組織【救世の契り(ネガ・メサイア)】の構成員だ。

その彼が初めて見る少女を連れて正義の城にいるとなると、怪しさも一入(ひとしお)である。

このツクモとかいう子、【救世の契り(ネガ・メサイア)】なのでは？

ヒナタは訝しんだ。

「む、なんだ？」

「……いえ」

しれでいて、この自分を見てきょとんとする少女が悪の組織の一員だとは考えづらいという思いもある。

ゆえにヒナタは一旦、疑惑を放棄した。常に目を配っておくくらいの優先度でいい。

今の最優先事項は、

「なあ、どういう知り合いなのだ？　兄様よ」

「――――ッ！」

にいさま、などという呼び方である。

もしツクモが【救世の契り（ネガ・メサイア）】の一員であり、先ほどの親戚発言がデマカセだとしたら、彼女とイブキの間に血のつながりはないことになる。

全く無関係の男の人を『兄』呼ばわりだなんて、信じられない。恥じらいはないのだろうか。

……自分はどうなんだって？　それは今はいいのである。

『近所のお兄さん』を縮めて『お兄さん』と呼んでるだけなんだから、別に何の問題もない。

ないったらない。

ヒナタが思考から些事を振り払っていると、イブキがツクモに言った。

「こっちの傍陽ヒナタちゃんは家がお隣さん同士で、昔から仲良くさせてもらってるんだ。それでこっちの雨剣ルイちゃ――さんはヒナタちゃんの友だ――親友なんだよ、へへへ……」

「お、おお、そーなのか……」

ルイの説明をする時になぜか遜（へりくだ）ったような卑屈な笑みを浮かべるイブキに若干引いた様子のツクモ。

しかし、イブキの言葉を聞いたヒナタはそれどころではなかった。

「————」

愕然として、その事実を受け止める。

イブキの言葉通りだ。

客観的に自分とイブキのつながりを表す言葉があるとしたら『お隣さん』しかない。

それだけしかないのである。

自分が出会うより前から四六時中一緒にいるクシナを差し置いて『幼馴染』とは言えないし、イブキとツクモのように（二人の関係が真実だと仮定した場合）血のつながりがあるわけでもない。

——いや、違う。

そこでヒナタは正気を取り戻す。

あまりの衝撃に取り乱してしまったが、つい先日イブキは言ってくれたのだ。

——自分と一緒にいたい、と。

では何故、いま彼は『お隣さん』と表現したのか。

決まっている、ルイの前だからだ。

理由はよく分からないが、ルイとイブキは仲が悪い。

それがネックになっているのだと、この前もイブキは言っていた。

であれば、簡単である。

自分が二人の架け橋になればいいのだ。

つまり——積極的にお兄さんに絡んで、彼が良い人であることをルイちゃんに知ってもらおう。

ついでに年下っぽく甘えてみよう。……別に彼が幼女を連れていることとは微塵も関係ないが。

ヒナタは会心の笑みを浮かべた。

俺は卑屈っぽい笑みを浮かべてルイを見る。

が、すっごい冷たい視線を返された……。

ヒナタちゃんとルイの愛には勝てねぇぜ！　って言ったはずなのに、まったく意に介していない。

さすがに手強いな……。

『兄様、あっちの綺麗な天使とは仲が悪いのか？』

ツクモが声を潜めて俺に尋ねてきた。

『まあ……』

『ふむ、〝好意〟でも《付与》してみるか？』

『——は？　そんなことできんの⁉』

『やりようによってはな』

とんでもないバケモンやんけ……。

空恐ろしさを覚え、彼女に釘を刺しておくことにする。

『ツクモ、第十支部では〝命の危険でもない限り〟天稟使っちゃダメだからね』

『なぜだ？』

『いざという時に隠していた真の力を解放する……カッコいいだろ？』

『おおっ、うむ、そうしよう！』

興奮して、無邪気に頷く厨二病幼女。

危うく内部から第十支部を崩壊させそうなツクモから、言質を取れて人心地つく。

『その無邪気さを忘れないでくれ……』

『──。ああ、わかったぞ』

一瞬ジッと俺を見て、ツクモが微笑む。

それと、ヒナタちゃんが向日葵のような笑顔を浮かべたのは同時だった。

「それじゃあ、お兄さんとツクモちゃん、せっかくですからわたし達の訓練風景でも見てください」

そう言って、ヒナタちゃんが俺の腕を抱えるようにして引っ張った。

「「──」」

俺とルイが息を呑む音が重なる。

──ほげえええええええ！　また推しが近い!!

このままじゃ推しの過剰摂取で死ぬぅ！！！

「ヒ、ヒナ……？　ちょっと、その、近いんじゃないかしら？」

ルイが頬をヒクつかせながら優しい声音で言う。

イブキもそう思います。

「大丈夫だよ、ルイちゃんっ。お兄さんは信用できる人だから」

どこか言い聞かせるように言って上機嫌に進んでいくヒナタちゃん。

それに引っ張られるようにして続く俺の隣、ヒナタちゃんとは逆側にルイがすばやく身を寄せた。

『さっきから人をおちょくって、馬鹿にしているのかしら……っ？』

『ヒッ』

めちゃくちゃブチギレていた。

端正な美貌に貼り付けられたハリボテの笑顔がいっそう恐怖を煽る。

『ちちち、違いますぅ！　俺はヒナタちゃんと君の間に挟まるつもりなんかなくて！』

『現状を生み出しておいて、よくもそんな戯言を口にできたわね……ッ！』

『ひぃ！』

先導するヒナタちゃんと俺とブチギレるルイ。

その後ろからトテトテとついてくるツクモが笑った。

「兄様とヒナタは仲良しなんだな！」

「――――」

ヒナタちゃんが足を止め、ツクモを見る。

それから、天使のような笑顔を浮かべた。

「そうなの、とっても仲良しなんだよ？……なぁんだ、良い子じゃないですか」

「？」

ヒナタちゃんは急にご機嫌になって、反対の手でツクモの手を取った。

俺の反対側では「とっても仲良し」に反応したルイがこめかみに青筋を立てた。

楽しげなツクモと上機嫌なヒナタちゃんと俺とブチギレなルイ。

四人仲良く、フィールドを歩いていく。

――拝啓、幼馴染殿。

推しの間に挟まってるので、僕はあんまり無事に帰れそうにないです……。

訓練場の中にはいくつものフィールドがある。

その中の一つ、氷のフィールドに立つ美しき指揮者が腕を振るった。

「いけ」

それに合わせて、宙をひとりでに舞っていた木刀が動き回る。

天井まで駆け上がったそれが、吊り下がる氷柱を打ち砕いた。

「フ――――ッ！」

落下する氷片の下で、天使が茶髪を翻らせる。

圧倒的な速さで氷片群を駆け抜け、突破した、その時。

彼女の後ろに置き去りにされた氷柱が中空で停止する。

「っ！」

加速の天使は破砕音の有無でそれを察知。

次の瞬間、振り向くことなく横っ飛びに回避する。

数瞬遅れて、ヒナタの背後から氷片群が通り抜けた。

それらは止まらず飛行し、木刀と共に指揮者の元へと返った。

彼女は木刀を掴み、振るう。

それに合わせて人の頭部ほどもある氷片が彼女の周りで渦を巻いた。

その簡易的な要塞を見て、加速の天使——ヒナタちゃんはへにゃりと笑う。

「近づけないよ、それ」

その言葉を聞いてようやく、それまで一切の笑顔を見せなかった美しき指揮者——ルイも顔を綻ばせる。

「そのためにやっているんだもの、当然でしょう」

彼女達の周りには細かな氷片がはらはらと降り注いでいる。

ダイヤモンドダストを思わせるその神秘的な美しさに、ここのフィールド以外の訓練風景を見ていた子ども達もいつのまにか集まっていた。

「氷のフィールドなのだから、ワタシに有利なのは仕方ないわ。ここまでにしておきましょう」

「——ふぅん、勝ったつもりなんだね？」

澄まし顔で述べられた提案に、ヒナタちゃんが不敵な笑みを浮かべた。
「何を……」
ルイが身構えるより一瞬早く、ヒナタちゃんが地を蹴る。
それは明らかにルイとの距離を詰める選択だった。
しかし指揮者の周りでは今も氷群が渦巻いており、近づく隙はない。
「無駄よ、上だろうが下だろうがワタシの守りは抜けられない」
暗にやめておきなさいという提案にヒナタちゃんは答えない。
いよいよ氷の壁にぶつかるかという、その瞬間。
「――――」
ルイが驚きに目を瞠る。
彼女とヒナタちゃんを結ぶ直線上の氷群が開けたのだ。
驚きようからも彼女の仕業でないことは分かる。
やったのはルイじゃない、ヒナタちゃんだ。
彼女は今――宙で渦巻く氷群を一部だけ《加速》させたのである。
すると、まるで氷の防壁に道を譲らせるように人ひとり分の隙間が生じる。
そのカラクリに気づきつつ、俺も内心で驚嘆を隠せなかった。
――自分以外のものも《加速》できるようになっている！
現象の規模からして、ほんの一瞬、ほんの僅かな範囲でのみ可能なのだろう。

けれど、できるとできないでは圧倒的な差がある。

『わたゆめ』でも三章終わりで漸(ようや)くできるようになった天稟(ルクス)の使い方だ。

今の時期にできるようになっているのは、相当に成長スピードが速い。

「―――ッ！」

間近に迫ったヒナタちゃんに、ルイが慌てて手にした木刀を振るう。

彼女は普段、天稟(ルクス)によって長剣をコントロールしているが、自分自身が使えない訳じゃない。

というか普通に強い。

あの近距離からだって、いくらでも持ち直せる。

――そのはずだった。

俺が見ても分かるくらい覇気なく振るわれた腕は、呆気なくヒナタちゃんに掴まれる。

次の瞬間、加速された拳がルイの眼前に迫っていた。

そして、――ピタリと止まる。

ハッとして拳撃の主を見るルイ。

その先で、ヒナタちゃんが花咲くように笑顔を浮かべた。

「わたしの勝ちだね、ルイちゃん」

得意そうなその表情を見て、ルイはまるで安堵でもするように息をついた。

それからフッと微笑む。

「そうね」

その途端、固唾を呑んで見守っていた子ども達がワッと弾けた。

「…………」

今の試合、妙な違和感があった。

そもそも違和感というのがおかしな話だ。

普段の訓練を見ていない俺に、〝しっくりこない感じ〟など覚えようがないというのに。

釈然としない思いを抱えながら、ぴょんぴょこしながらヒナタちゃん達に近寄るツクモの後に俺も続いた。

午前中の施設見学が終わって、昼食の時間になる。

昼休憩はおよそ二時間の自由時間となっていた。

その間に昼食を摂(と)ればＯＫで、まだまだ見足りない子は訓練場に行ってもいいし、そのあと案内された寮部屋なり展望デッキなりに行ってもいい。

班ごとの行動が義務付けられていたが、子ども達がそれを煩わしく思うわけもなく。

むしろ天翼の守護者(エクスシア)と一緒にご飯を食べられるもので、彼らは大喜びで食堂へ向かっていった。

言うまでもなく俺もウキウキである。

――と、言いたいところだが。

ルイへの〝挟まりませんアピール〟が全くもって芳しくない現状をどうにかせねばならない。

その原因は、ヒナタちゃんにあった。

……いや俺だって人のせいになんか、ましてや推しのせいになんかしたくはないが、これぱっかりは仕方ないんだ！

寮へ向かえば、「流石に女子部屋には上がれない」と固辞する俺の腕を取り「信用してますから」と言って俺を部屋に招き入れ、何故かルイにウインクを決めて（俺が）ブチギレられる。

展望デッキに向かえば、四人で記念写真を撮った際に「なんだか家族みたいだねっ」という暴言をルイにかまし（俺が）ブチギレられる。

どこかでボタンを掛け違えているとしか思えない言動。

しかし聡明なヒナタちゃんが勘違いなどしようはずもない。

なら一体何がしたいんだ、ヒナタちゃんは……。

推しへの理解度なら誰にも負けないと自負していた俺の誇りが傷ついていく……。

はやいところルイに「挟まる気はない」と信じてもらわなきゃいけないのにぃ……！

「…………」

ぐぐ、と頭を抱える俺に、背後からルイの冷たい視線が突き刺さっているのをひしひしと感じる。

俺がそろそろ凍りつくんじゃないかという頃になって、

「なあなあ、アレはなんだ？」

前を歩いていたツクモが広間の一角を指差した。

俺たち三人は一斉にそちらを向く。

そこには、装飾が施された二メートルを超える木箱があった。

その木箱には二つの扉が付けられている。

ヒナタちゃんが得心したように頷いた。

「ああ、アレは〝懺悔室〟って言うんだよ」

「ざんげしつ……？　カッコいい響きだな……」

「司祭さんに罪を悔い改めるための告白をする場所だよ」

「？」

「んー、分かりやすく言うと『先生にごめんさい』って謝る所、かなぁ」

「おー。それなら分かるぞ。悪いことをしたら謝らねばなるまい」

君は本当に悪の組織の幹部なのか……？

ヒナタちゃんが無言でツクモの頭を撫でた。その気持ち分かる。

「まあ実際のところ、アレはわたしたち天翼の守護者（エクスシア）の心理カウンセリングをする所なんだけどね」

「ふむ？」

「一般の方が天翼の守護者（エクスシア）に告解する、本当の懺悔室は一階にあるから。アレは創設時のミスで出た余りをカウンセラーさんがそれっぽくつかってるだけなの」

「なんだ、それは……まあ雰囲気は出ているが……」

若干呆れつつもツクモの目は興味津々とばかりに輝いている。

ヒナタちゃんは笑った。

「あとで試しにやってみる？」

「おおっ、いいのか？　やってみたいぞ！」

悪いことを考えておかねばな！　と胸を張るツクモと彼女を撫でるヒナタちゃんを横目に、俺は閃きを走らせた。

——これだ……ッ！

——この子、【救世の契り(ネガ・メサイア)】なのでは？

ツクモと引き合わされた当初、ルイは彼女を訝しんでいた。

なんと言っても、あの胡散臭いクズ男の同伴者だ。

疑ってしまうのも無理はない。

今回の見学会は実のところ、参加している児童たちも天翼(エクスシア)の守護者の縁者が多い。

その方が安全性が増す、としてイサナが指示したものだ。

イブキが選ばれているのもヒナタの知り合いだからという面が大きいのだと、ルイは理解している。

が、さすがの副支部長もヒナタと（業腹だが）仲の良いイブキがまさか敵に与(くみ)しているなどとは予想していなかったらしい。

結果として、まんまと敵の尖兵を支部内に迎え入れてしまっているのが現状だ。

そしてこれは、イブキの正体を【循守の白天秤(プリム・リーブラ)】で唯一掴んでいながら、この状況を防ぐことができなかった自分の責任でもある。

だからこそイブキへの注意を怠ることはなかったし、彼が連れてきた親戚（ツクモ）にもその嫌疑は向けられていた。

しかし、ルイの中にあったツクモへの疑いはいつしか霧散していった。

「むぐ……ん～！　これも美味である！」

食堂の席に着くルイの前には、山盛りのパスタを頬張り破顔するツクモ。

この天真爛漫な幼女を見るに、あの男のような悪辣極まりない性根が微塵も感じられない。

これで彼女が悪人だったなどとなれば、ルイは確実に人間不信になるだろう。

……いや、もともと人間不信なのだが。

「………」

ルイはジッとツクモを観察してみる。

イブキの胡散臭い薄茶色の髪とは違って、硯（すずり）で磨（す）った墨を溶かし込んだかのような綺麗な黒髪。

やや雑に後頭部で一纏めにされているが、それも幼さゆえの愛嬌（あいきょう）があって可愛らしい。

瞳はイブキと同じで緑色をしている。けれど、あの男の胡散臭い翠色とは違って、青みの強いそれは宝石のようでとても煌めいて見えた。

一言で表そう。

「……かわいい」

「んむ？　何か言ったか？」

「いえ、なんでも」

同じ元気属性のヒナタを愛でているルイからすれば、ツクモはかなりストライクゾーンのど真ん中だった。

受ける印象はまるで違うが、瞳の色は一応あの男と同じ緑ではあるし、血縁というのもデマカセではないのかもしれない。

――うん、これは【救世の契り（ネガ・メサイア）】じゃないわね。

ルイはツクモを無害判定した。

彼女は意外と、子供にはチョロかった。

「あー……綺麗な天使よ」

「ルイでいいわ」

「そうか？　ではルイよ。汝の昼餉（ひるげ）はそれだけか？」

言われて、ルイは自分の皿に目を落とす。

そこにはパンがいくつか載せられているだけ。

ビュッフェ形式で摂る食事にしては質素なのは間違いない。

「ワタシ、あまり食べる方じゃないの」

相方とは違って。

そう言うと、ツクモはまじまじとルイを見た。

それから、ちょっと頬を染めて恥じらうように目を逸らした。

「……なるほど、汝がスラッとして綺麗なのも納得がゆくな」

ルイはいつの間にかツクモの頭に伸びていた右手を逆の手で押しとどめる。

代わりに、自分の皿から焼きたてのクロワッサンをちぎった。

「もっと食べなさい」

「お、いいのか？」

ぱくりぱくりと手ずから餌付——ご飯を分け与えていると、ツクモの胸ポケットがモゾモゾと動いた。

「む、起きたか、フェニックス」

フェニックス？　と小首を傾げるルイの目線の先でひょっこり顔を出したのは、真っ白なハツカネズミである。

彼（彼女？）はルイの方を見てきゅいきゅいと鳴く。

「………………」

ルイはシカトした。

彼女は動物があまり好きではなかった。

「くはは、我が従者たるフェニックスにも贄をくれてやろう」

ツクモはルイの無表情には気づくことなく、クロワッサンの欠片（かけら）をフェニックス（ハツカネズミ）にせっせと与えている。

ちょっと厨二びょ——香ばしい気配を漂わせるツクモだが、そういうところも可愛いかもしれない、とルイは真顔で考えた。

全てを覆す神の一手を思いついた〝閃きの申し子〟こと俺は、上機嫌でビュッフェ形式の昼食を楽しんでいた。

三往復目のヒナタちゃんと一緒に豪勢な料理が並ぶ配膳台へとおかわりを取りに行く。

その際、背後から凍てつく視線で背中を刺されたが無視した。

怖くなって振り返った時には、〝綺麗な天使〟はツクモの皿にちぎったクロワッサンを載せる作業を繰りかえしていた。

……いや、何してんの？

困惑している俺をよそに、ツクモもツクモでせっせとポケットにクロワッサンを詰め込んでいる。

……いや、何してんの？

あきらかに胸ポケットに入り切る量ではない。

また《収納》の天稟（ルクス）を悪用しているのだろうか。

腹が減ってるならビュッフェに取りにくればいいのに……と思った瞬間。

ポケットから抜いたツクモの肘がテーブルの上のパスタが盛られた皿に当たった。

少し遠いが、慌てて《分離》。

ひっくり返りそうになっていた皿が一瞬だけ停止し、――ピタリとそのまま固まった。

ルイが胸を撫で下ろしているから、どうやら《念動力》の天稟（ルクス）を使ったらしい。

仲は（一方的に）最悪だが、二人して全力でツクモの世話を焼いている俺たちは何なのだろうか……。


「ってそうじゃない、――ヒナタちゃん」

「はい？」

俺は愉快なテーブル席から視線を切り、彼女の名を呼ぶ。

見学に来ている子供ばりにウッキウキで皿に盛り付けをしていたヒナタちゃんが振り返った。

かわいいね……。

「ヒナタちゃん、このまえ話したこと覚えてる？」

「……？　どのことでしょう？」

「その、ほら、雨剣さんと……」

「――！　はい、もちろん覚えてますよっ」

聞こえるはずはないのだが、後ろにいるルイを警戒して言葉を濁して伝える。

それだけでヒナタちゃんは察してくれた。

「そのことで少し協力して欲しいんだ」

「協力、ですか……？」

「うん。彼女と少し仲良くなりたくて、ある作戦を考えた」

「さくせん」

「そう、それには君の協力が必要不可欠なんだ」

「わたしが必要……！」

ヒナタちゃんがグッと身を乗り出した。

前向きな姿勢をありがたく思いながら、俺は頷く。

「作戦の決行場所は、懺悔室だ」

「あそこは告解の場、そこでなら……」

「そう、真実を伝え、受け取ることができる。だから雨剣さんを誘導して欲しいんだ」

「なるほど……！」

懺悔室の中は、仕切りによって二つの空間に分かれている。

告白をする側と、告白を聞き届ける側。

それぞれが別のドアから入り、それぞれの空間で対話を行う。

懺悔室の仕切りには小窓が組まれていて、そこを通して声だけのやり取りが交わされる。

ここで重要となってくるのが、その小窓に施された仕掛けだ。

告白をする側からは受ける側の顔は見えず、反対に受ける側からは告白をする側の顔が見えるようになっているのである。

これは告白する側、受ける側両方への配慮だった。

それを、利用する。

まず俺が告白する側に入って、それを受ける側の天翼(エクスシア)の守護者を待つ。

本来なら救護班だとか衛生班だとかが天使同士のメンタルケアを受け持つらしいが、本日は見学会とあってお休み。

代わりに、見学会に参加している誰かしらの天使が告解を聞き届けてくれるらしい。

ここでヒナタちゃんに協力してもらう。

「誰かが懺悔室に入ったみたい」とルイに伝えてもらって、彼女に聞き届ける側に入ってもらうのである。

普通ならルイは絶対に断るだろう。

しかし他ならぬヒナタちゃんの頼みなら応えるに違いない。

彼女は聞き届ける側へと入り、――告白する側に俺がいることに驚く。

だが俺からはルイの姿は見えていない（という体(てい)）。

何も知らないという体で俺は語るのである。

実はヒナルイの仲を応援しており、誤ってヒナタちゃんに犯罪行為（強制猥褻罪）を働いてしまった、本当に心から反省しているし二度と不埒な真似をする気はない、と。

ルイは思う。

――ああ、全ては不幸なすれ違いによるものだったのだ、と。

全員が和解する、感動のエピローグ。

そう、悪者などどこにもいない、幸せな世界だけがそこには待っている。

～第二章『さらば、すれ違いの闇』、完～

ふふ……。

ふふふ……！

ふーっふっふっふ！

あの懺悔室を見てすぐさまこんな完璧な結末を思い浮かべてしまうなんて、俺ってばなんて天才なんでしょう！

俺は悲しきすれ違いの連鎖を、ここで断ち切る！

この閃きの申し子、今度こそ圧倒的な〝勝ち〟を取りに行きますッ！

——二十分後。

俺は計画通り懺悔室の話す方に入っていた。

「————」

「…………」

ルイと一緒に。

◇◇◇◇◇

少しだけ時計の針を戻そう。

その時、ヒナタは上機嫌だった。

とてもとても上機嫌だった。

代償で減っていたお腹をビュッフェで満たせて幸せ。

その上、お兄さんが「自分にはヒナタちゃんが必要だ（ヒナタ目線）」とまで言ってくれたのである。

「ふふふっ♪」

昼食を終えて、各グループは思い思いに過ごしていた。

天翼の守護者側の目が届くよう、なるべく班員はみな同じ場所にいる。

ヒナタたち四人で言えば、先ほどの懺悔室があった広間だ。

ツクモはぴょこぴょこと広間の装飾を見て周り、その度に「おお～」とか「ほえ～」とか感嘆を溢している。

ルイは柱に寄りかかって、そんなツクモを見守っていた。

そしてイブキは――、

「……っ、っ！　……っ！」

なにやらヒナタに向かって身振り手振りで合図を送っていた。

傍目には面白いように映っているだろうが、ヒナタにしてみればとても可愛い。

そんな食欲をそそるおにーさんに、ヒナタは満面の笑みを返した。

『わかりました！』

口だけ動かして返事をすると、イブキは密やかに懺悔室へと近づいていった。

そちらを見ないようにして、ヒナタは柱のそばに立つルイへと歩み寄る。

「ルイちゃん、ちょっといいかな？」

「なにかしら」

ここからはイブキの計画通りに事を進める。

彼は言っていた。

『このまえ話した』『雨剣さん』についてのことだと。

つまり——本人の口からより詳しいことを聞きたいのだろう。

作戦はこうだ。

まず、イブキが懺悔室の聞く側に入る。

そのあとでルイを話す側に誘導し、ヒナタが聞く側に入る。

懺悔室という場所を利用して、ルイ本人の口から真実を聞き出す。

聞く側にいるのはヒナタだけ（という体）なので、相棒の口も当然軽くなるだろう。

空間を利用して情報を引き出す、中々に冴えた作戦だ。

さすが、公園で泥だらけになることでヒナタを助けるなんてことを思いついて即実行したイブキなだけはある。

あの時のことを思い出したというのも、ヒナタが上機嫌である理由の一つだった。

それに……、

（あんな狭い空間でおにーさんと二人きりだなんて……ふふふっ）

ヒナタは取らぬ狸の皮算用で頭がいっぱいだった。

「ルイちゃん、ここ最近悩んでる、よね？」

「――――！」

いきなり核心をつくヒナタの台詞に、ルイは動揺を見せる。

ヒナタはそれを見逃さず、絡みつく蛇のように言った。

「わたしに、聞かせて？」

「ヒ、ヒナ……？」

パートナーが最近になって見せはじめた蠱惑的な表情に、ルイは未だに慣れずにいるようだ。

ヒナタは畳み掛ける。

「顔を合わせて言いにくかったら、せっかくだしあそこを使ってみよう？」

あそこ、とヒナタが指差したのは、もちろん懺悔室。

ルイは戸惑うような、あるいは迷うような素振りを見せる。

「でも、ツクモが……」

「大丈夫だよ、他にも天翼の守護者はいるし」

ヒナタはにっこりと笑う。

見れば、同じ広間には、以前にも護送車でチームを組んだ先輩たちのグループもいた。

「そう、ね……」

見知った顔に対する安心感。

何よりパートナーの押しには勝てなかったようで、ルイはヒナタに背を押されるようにして懺悔室へ向かった。

俺は緊張とともに息を潜めていた。

別に潜める理由はないのだが、懺悔室の厳かな雰囲気に呑まれていたのだ。

と、その時である。

「ほらほら、ルイちゃん入って！」

「ヒナ、そんなに押さなくても入るわよ」

「！」

ゆりんゆりんした声が外から響いた。

いざ開戦と腹に据える。

決意と同じタイミングで、扉が開く音がした。

――俺側の、ドアが。

立っていたのは、ルイである。

「っ!?」

ここで一つ目の不運。

ルイはヒナタちゃんに背中を押されていたせいで、肩越しに後ろに振り返っていたこと。

ちゃんと確認しないまま、話す側へと押し込まれたルイは物理法則に則って――俺にぶつかった。

「きゃ、ごめんなさい、誰かいるとおもっ――――」

俺にしなだれかかるようにして倒れ込んだルイが顔を上げ、ばちりと目があった。

「――っ、……は？」

呆気に取られた蒼玉（サファイア）の瞳が俺を映す。

その眦（まなじり）が吊り上がり、彼女が何事か言葉を発しようとした時。

『あれ？』

隣室から、ヒナタちゃんの疑問に満ちた声が聞こえた。

まるで用意されているはずのご馳走がそこになかったかのような、肩透かし感に溢れた声音だった。

それを聞いたルイは慌てて部屋を飛び出そうとする。

が、そこで二つ目の不運。

「ひぅ……!?」

俺の腕が、ルイの矮躯を抱き寄せた。

そう、代償（アンブラ）、『接触』が始まったのである。

――いや、なんでええええええええええええ!?

そこで脳裏に蘇る光景。

ルイがクロワッサンをちぎり、ツクモが皿をひっくり返しそうになっていた食堂での一幕。

――あの時かああああああああああああああ!!

不幸中の幸いか。あの程度ならば、五秒も支払いに要さないはずだ。

思考回路がまともに機能しているのも代償(アンブラ)が軽い証拠である。

けれど「少し我慢して」などと言える状況じゃない。

「ちょ、な……っ！　離れ……！」

嫌悪より先に焦りが来たのか、ルイはバタバタと暴れる。

が、流石に女子高校生の細腕よりは男子大学生の方が勝っていた。

抜け出せないうちに、

『ルイちゃん？　どうかした？』

「――っ、いいえ、なにもないわっ」

隣から声を掛けられ、動きを止める。

ルイはヒナタちゃんにこの状況を見られるのを避ける方を優先した。

器用にも片足をドアに引っ掛け、素早く閉める。

と、ほぼ同時に『接触』の支払いも終わった。

遅えよ！　と内心で悪態を吐きながら、声を出さずに身を引く。

俺が奥の壁に、ルイが扉に背をつけた。

狭い懺悔室で可能な限り互いに距離を開ける。

ルイは俺に絶対零度の視線を向けながら、ヒナタちゃんへの対応を続ける。

「ヒナこそ何か驚いていたみたいだけれど、どうかしたの？」

「え⁉　あ、いや、べ、別に何もないよ？　……こ、このまま始めよっか？」

「え、ええ、そうねっ」

お互いにやましいものを隠すかのようなギクシャクしたやり取りを交わす仲良し二人。

「――――」

「…………」

そうして無事、俺とルイだけの密室が完成した。

計画は絶対的な破綻に終わり、俺は圧倒的な敗北を喫した。

というか、そもそも。

なんでヒナタちゃんがそっちにいて、ルイがこっちにいるの……？

きっと、俺だけじゃない。

ヒナタちゃんも、ルイも思っていたはずだ。

――どうしてこうなった！？！？！？

◇◇◇◇◇

俺を睨（ね）めつけるルイの視線には恐ろしいほどの殺意が込められていた。

けれど、よく見れば、薄暗い懺悔室の中でも分かるほど彼女の目尻は赤みを帯びている。

「……………っ」

彼女は一度口を開きかけたが、言葉を発するより前に視線を横へ滑らせた。

その先は隣室、彼女の親友がいる。

ルイは音が聞こえそうなほどに歯を食いしばると、俺の襟首を両手で掴んだ。

その手が、俺をぐいっと引き寄せる。

「……っ⁉　ちょ――」

「黙れ」

至近距離で俺を睨み上げながら、ルイは小声で言った。

「隣のヒナに聞こえたらどうするの……っ？」

「っ、……」

「神妙に質問に答えなさい。なんの、つもりかしら」

「なにが――」

言いかけた時点で襟を掴むルイの手に力が入る。

強制的に発言を潰された。

「なんでここにいるのって聞いているのよ」

一瞬返答に詰まるが、別にやましいことは何もないことに気づく。

「普通に、懺悔しようと思って」

君に、だったんだけどね！

当のルイは目を細める。

「ふん。で、なんでそれが、ワタシをその……ここに留めることに繋がるのかしら？」

一部、語気が弱まった箇所があったが、彼女の眼力に衰えはない。

対する俺は苦虫を噛み潰したような顔をしている自覚があった。

素直に「代償（アンブラ）で～」って言えるわけないだろっ！

「いや、それは……思わず、というか」

「は？　本当に殺されたいの？　この獣（ケモノ）が……っ！」

いよいよ絞殺されようか、というところで。

仕切りの小窓から、ギ、ギィ……という木が擦れるような音が聞こえた。

『待たせてごめんね、ルイちゃん。ちょっと探し物が見つからなくて……は、はじめるね？』

俺をルイは同時に気づく。

さっきのは向こうで小窓を開ける音だ……！

このままだと、二人で中にいるのを見られる。

それだけは避けねば、懺悔室が取り調べ室に早替わりしてしまう。

狼狽えるばかりの俺に対して、ルイの反応は速かった。

俺を、自らの方へ引き倒したのだ。

「――――」

「くっ……」

まるで膝の上に寝かせられているかのような状況に喉を引き攣らせる俺と、その美貌を屈辱の表情に染めるルイ。

仰向けにひっくり返された俺の喉は彼女の繊手によって掴まれており、完全にいつでも殺せる準備が整えられている。

俺は一切の抵抗をやめ、生殺与奪権を全面的に投げ捨てた。

『ルイちゃん?』

「え、ええっ、始めても問題ないわよっ」

『うん、それじゃあ。――神の慈しみに信頼して、あなたの悩みを告白してください』

それまでたどたどしかったヒナタちゃんの声音が澄みわたった。

この世界では「神によって天稟(ルクス)が授けられた」と信じられている。

日本では信仰を強制されてはいないが、天稟(ルクス)と近い天翼の守護者(エクスシア)は神学も学んでいるという。

『あなたの悩みはわたしによって聞き届けられ……』

すらすらと美しく紡がれる呼びかけの言葉は、厳かな雰囲気を纏っていた――が。

「ぅ、動くな……っ!」

「ちがっ、背骨がっ、折れるっ」

「今すぐ折れなさい……っ」

俺とルイはそれどころではない。

ヒナタちゃんが神聖な祝詞を誦(そら)んじている間。

俺はもぞもぞと動き、無理な体勢を脱しようとする。

対するルイは俯き、俺を睨みつけながら囁き声で脅迫する。

「――っ」

見上げれば、少女の美貌は朱色に染まりきっていた。

空色の長髪が俺の顔にかかる。

「……っ、今ならちょっとドア開けて外に出ればっ」

俺は必死の思いで提案するも、

「だ、ダメ……っ」

ルイは小さく首を振った。

「外には、その、知り合いが……もし見られたら……」

「……っ」

八方塞がり。

そこで俺は、ふと祝詞の声が止んでいることに気づく。

『……あの、ルイちゃんが喋る番だよ？』

「――――！」

結局俺は逃れられず、ルイも目を泳がせる。

「あ、そうね。えーと……」

『さいきん元気がない理由、だよ……？』

「そ、そうよねっ」

やや間があって、

『……なんか、顔赤くない？』

「っ……！」

ルイがピクンと身体を揺らしたのが、柔らかで温かな感触と共に直に伝わってくる。

「そっ、そんなことないわよ。暗いからそう見えてるだけじゃないかしら」

『……なんか、息も荒いような？』

「す、すこし暑くて……っ」

『暑い、かなあ……？』

「ええ……っ」

吐息が混ざり合うほどに狭く、薄暗い懺悔室。

俺は蛇蝎(だかつ)の如く自分を嫌う美少女の膝の上で、口を真一文字に結んで神妙な表情をした。

百合の間に挟まらないアピールをしようとしただけなのに。

これじゃあ、まるで不貞の現場を隠す間男みたいじゃないかっ⁉

◇◇◇◇◇

――お兄さん、どこに行ったんだろう……？

懺悔室に入ってしばらくの間。

ヒナタは「イブキが後から入ってくるんじゃないか」という期た――予想のもと様子を伺っていたが、残念ながらそうはならなかった。

あまり黙っていてもルイに違和感を抱かせてしまうだろう、と祝詞を紡ぎ、ルイが悩みを打ち明けるよう促した。

けれど、

『その……』

ぽつり、ぽつり、と語り始めたルイの歯切れは良くない。

さっきも自分で「熱い」と言っていたし……。

木組みの格子窓から向こう側を覗く。

ルイは時折、俯いて肩を振るわせたりしている。

ひょっとすると体調が良くないのかな、と少し心配になった。

『……っ、……ょ』

ぼそぼそと何か囁いているようにも思えたが、音が篭っていてよく聞こえない。

外の人たちの声かなと思い直し、無二の親友の言葉を待つ。

『あの、ね』

「うん」

『……ごめんなさい、今は詳しく言えないのだけれど』

まるで〝聞かせたくない誰かが近くにいる〟かのように、慎重に言葉を発するルイ。

まあ、懺悔室の外までは詳しい告白の内容は聞こえないので、そんなわけはないのだが。

要するに、あまり口にしたくはないのだろう。

ヒナタにも気持ちはよく分かった。

昔、天稟（ルクス）が目覚めず悩んでいた時、同じような思いを経験していたから。

と同時に理解する。

先程からの妙な態度も悩み事からきたものなのだろうと。

ヒナタの頭の中から、段々とイブキのことが薄れていく。

今はこの悩みを抱え込んでしまいがちな親友の重荷を、少しでも軽くしてあげたいという思いでいっぱいだった。

だから、できるだけ穏やかな声音を響かせる。

「そっか……うん、そういう時もあるよね」

『あ、いえ、そういうわけじゃ――』

「大丈夫、ざっくりとでもいいの。わたしにも聞かせて？」

『くぅ……』

相棒の切なげな声に、ふっと微笑む。

悩み惑うのは、真摯に向き合っている証拠だ。

「悩みの始まりは、いつから？」

『……、養成学校（スクール）のインターンが終わって、からね』

「やっぱり」

『あの時のことは、今になってよく思い出すの。――ちょっ……ぃで……』

「え？」

『っ、なんでもないわ……っ』

「………？」

今になって、というのは、この前の大攻勢の後からという意味だろう。

静かに、ヒナタは思考を巡らせていく――。

『………っ』

『……っ！　……っ!!』

外の声は、未だ続いていた。

◇◇◇◇◇

一方その頃。

ツクモは大広間に独り、ちょこんと立ち尽くしていた。

「皆、どこへ行ったのだ……？」

くるくると周りを見渡していた彼女は、見つけた。

「あ」

お目当ての三人を、ではない。

見上げる彼女の先には天秤と翼の紋章。

いつも目にしている【救世の契り（ネガ・メサイア）】の紋章とは違うが、それは確かに、

「旗、だな」

冷静に考えると、推しの膝の上で冷静になれる訳ないだろ。

推しだぞ？

知ってるか、推しって遠くにいるから推しなんだぞ。

なんでこんなに近くにいるんだよ。

ただの超絶美少女じゃないか。

『わたゆめ』でもルイは、ヒナタちゃんという可愛い系主人公の相棒として並び立つ隔絶した美人という設定だ。

現実と化(3D化)した今となっても、俺はこの子に対抗できるほどの美人をクシナしか知らない。

何が言いたいかというと。

——あんまりに刺激が強すぎるせいで、過剰摂取(オーバードーズ)で死にかけてます誰か助けて！！！

『神の御名によって、あなたの告白を聞き届けました』

その言葉で、ヒナタちゃんがこの天国(地獄)を締めくくる。

今の俺にとっては救いの手以外の何者でもない。

さすが大天使ヒナタエル。

実際には五分くらいのはずだが、体感だと一日くらい過ぎている気がする。

刺激が強すぎて全ての思考が麻痺していた俺は、二人の会話をほとんど聞き逃した。

『それじゃあ一旦出よっか』

「ま、待って……っ」

動揺からルイが身じろぎする。

「ワタシが、先に出るわっ」

『そう？』

「ええ」

相変わらず俺の喉を抑えたままだったルイは俯き、

「ぉ……おぼえてなさいっ……ぜったいにころすから……っっ!!」

あまりにもストレートに殺意がこもった囁きを落とした。

「………」

それから、ルイは黙りこむ。

どうしたのかと思った所で、彼女はぼそりと消え入りそうな声で言った。

「……ぁ、あたまをあげなさい」

「！　あ、ああ」

俺の頭があるから動けなかったらしい。

慌てて首を持ち上げ、

「――っ!?」

その瞬間、ルイが声にならない悲鳴をあげた。

再び柔らかな枕に叩きつけられる。

「ぐぇ…っ」

「か、かお、ちかづけるなっ、くずが……ッ！」

理不尽……ッ!!

『ルイちゃん？』

「いま出るわっ」

俺の頭部を無理やり押しやると、ルイは逃げるように外へ出ていった。

もちろん、一度顔だけ覗かせ、辺りを確認してから。

向こう側でも小窓が閉まる音がし、次いで扉の開閉音。

「いだだ……」

俺はようやく身体を起こし、鞭打ちみたいになった首を回す。

懺悔室の扉越しにくぐもった声が聞こえた。

『ルイちゃん、やっぱり顔赤いよ……？』

『いっ、いえ、これはその……あの部屋、通気性が悪くて……っ』

『うーん、それはまあ、確かに？』

『そ、それより、ほら、早く戻りましょう？』

『そう、だね』

二人の気配が遠ざかっていくのを確認してため息をつく。

……なんか俺いっつもヤバい状況で膝に乗せられてるな。

徐々に冷静さを取り戻してきた俺は、気づいた。

「――いや結局、挟まらない宣言できてないじゃん！」

完璧だったはずの俺の作戦が、どうしてこんなことに……っ。

俺は心に多大なダメージを受けながらも、そろりと懺悔室を抜け出す。

ヒナタちゃん達を探すと、班員である三人は隅のベンチで固まっていた。

いち早くこちらに気づいたルイが、キッと七割増しの殺意をぶつけてくる。

俺は見なかったことにした。

次に俺に気づいたのはベンチに座っていたツクモで、俺を見ると「おっ」という表情をして手を振ってくれた。

可愛いので、手を振り返しながら近づく。

最後に、ヒナタちゃんがこちらを向いた。

「お兄さん、どこに行ってたんですか？」

「あーっと、お手洗いに……」

「そう、なんですね。……ちょっといいですか」

返事をする前にヒナタちゃんは俺の袖を引っ張る。

ルイは最後まで俺を睨みつけていたが、ツクモに話しかけられそちらを向いた。

その瞬間、ヒナタちゃんに柱の陰に引っ張り込まれる。

「ひっ、ヒナタちゃん⁉」

俺をぐいと柱に押し付けるようにして縫い止めながら、少女はジトっとした目で見上げた。

「懺悔室で待ってるって言いましたよね？」

「いやあ、その……ははは、急にお腹が痛くなっちゃって」

少しだけ疑念の色を見せたが、すぐにそれは消え、ヒナタちゃんはおずおずと眉尻を下げた。

「おなか、だいじょうぶですか？」

「………っ⁉」

ぐッ！　俺の心に甚大なダメージ‼

本当は壁を隔てた向こう側で、君の親友に膝枕（断頭台）されてたなんて言えない……‼

清らかなる心で邪悪が滅びちゃう……。

「お兄さん？」

「ナンデモナイデス。大丈夫、さっき食べすぎただけみたいだから……」

心の中で平謝りしながら言い訳する俺。

そんなクズ野郎に一片の曇りもない眼（まなこ）を向け、ヒナタちゃんは言った。

「仕方ないから、わたしだけでルイちゃんから事情聴取をしておきましたよ」

「え？　事情聴取？」

「？　はい」

「…………」

なるほどぅ……？

なにかしらのすれ違いがあってこうなったことだけは分かったぞ……。

でなきゃ懺悔室で事情聴取をする意味がわからない。

事情聴取は取調室で行うものです。

まったく、懺悔室で懺悔以外のことをしちゃダメだぞ！

……まあ、それは一旦置いとこう。

「その事情聴取で、何か分かったの？」

「それなんですが……」

ヒナタちゃんは申し訳なさそうに眉を下げた。

「ほとんど聞き出せなかったんです。ルイちゃん、今日はどうしてか口数が少なくて」

……ごめん、それ俺がいたからだと思う。

「この見学会が終わったら、もう少し詳しいことを聞いてみたいと思います」

「……そうだね」

若干フラグっぽいその台詞に、微妙に心配になる。

「なにかあったら、俺にも相談してね」

「はい！」

ヒナタちゃんは、ぱっと花が開くように笑った。

バックアップは任せてほしい。

最高の仕事をしてみせよう。

「ところで、なんだけど」

バックアップしようにも、やはり情報共有は必須だ。

そういえば重要なことを聞いていなかったことを思い出す。

「ヒナタちゃんと雨剣さんって、いつ仲良くなったの？　養成学校（スクール）？」

「はい？　わたしとルイちゃんは小学校の頃から仲良しですよ？」

「え？」

「え？」

俺たちは顔を見合わせる。

「お兄さんが教えてくれたんじゃないですか、本当の友達を作れって」

朧げにそんな記憶があるような、ないような……。

——ていうか何、じゃあルイって俺達と同じ小学校ってこと!?

俺の中のイマジナリークシナがひどく呆れ返った目でこちらを見ていた。

……いや、いやいやいや。

三つ下の学年の女子とか覚えてるわけないだろぉ!?

脳内でクシナに言い訳する俺に、冷や水のような声がかけられた。

「まさか、覚えてないんですか？」

「あっ、いや、そのっ」

彼女の言い様からして、結構大事なことだったはずだ。

ヒナタちゃんが俯いた。

「これは違くて、その……」

おろおろと右往左往する俺を前にして――、

「ふふ、あははっ」

ヒナタちゃんは朗らかな笑い声を上げる。

「あなたにとっては、それくらい当たり前なんですね」

色づいた頬に、とても綺麗な笑顔を浮かべて。

「そういうお兄さんだから……なんて」

彼女は目を細めて、俺を見上げた。

「あのぅー、ヒナタちゃん……？」

「ほらっ、そろそろ戻らないと二人が待ちくたびれちゃいますよ！」

ヒナタちゃんは困惑の真っ只中にある俺に背を向けて、機嫌良さげに戻っていく。

「えぇ……？　どういうこと……？」

謎は増える一方である……。

幕間　残響・上

音楽が好きだった。

父は小さい頃に、ワタシと母を残して蒸発したらしい。

おかげさまで、ワタシは六畳二間のアパートで自室を持てた。

どんな男だったか聞いたこともない。

どうせ碌でもない男だ。

そんな男に引っかかった母も、碌でもない女だ。

毎晩違う男を連れ込んでは、お金を恵んでもらって生きている。

こんな世の中では、女を抱くのは高くつく。

天稟（ルクス）も持てない男どもは必死に働いてお金を貯め、高額を溶かして一夜の夢を見る。

その程度の存在に縋ってしか生きられない女は、もっと最低だ。

少なくともワタシにとって、母は唾棄（だき）すべき存在だった。

母が身を売ったお金で養われた、というのであれば話は変わったのだろうが。

生憎、まともに養育された覚えもない。

食事は一日一回、学校で出される給食だけ。

少子化対策の学費無償化がなかったら、ワタシは小学校にすら通えていなかっただろう。

今頃とっくに、餓死してる。

まあ、その学校もワタシにとって居心地がいいわけじゃなかったけれど。

ワタシは保育園にも幼稚園にも通っていなかったから、小学校が初めての外の世界だった。

人とまともに会話をするのも、ほとんど初めてのようなものだった。

母もワタシに構わなかったし、ワタシも人間関係とはそういうものだと思っていたから、滅多に口を開かなかった。

隣室の嬌声をかき消すために流すラジオで、ワタシは言葉を学んだ。

そんな小娘が初めての社会に馴染めるわけがない。

入学してから一ヶ月も経つ頃にはワタシは孤立していた。

その状況に何の疑問も抱かなかった。

抱けなかった。

それがワタシにとっての普通だった。

ヤサシイ女子が話しかけてくれることは何度かあったけど、彼女たちの目の奥に宿る光が気に食わなくて無視した。

学校は居心地のいい場所などでは決してない。

けれど、家よりはマシだった。

そんな独りぼっちの楽園から、遅々とした足取りで帰宅する。

玄関を開けてすぐの一室は、母の自室兼仕事部屋。
ワタシは息を止めて走り抜けて、奥の自分の部屋に閉じ籠る。
時折、狭苦しい自室がやけに広く感じられることがあった。
そういう時はラジオをつけて、部屋の端に蹲る。
話すのは得意じゃなかったけれど、パーソナリティの軽快な口調は好きだった。
ゲストがやってきた時の軽口の叩き合いは、なんだか楽しそうだった。
それよりも気に入っていたのは、音楽。
ＦＭ放送の綺麗な音が好きだった。
聴いてる間は、胸の奥に渦巻くモヤモヤがどこかへ行ってしまったように感じられた。
膝を抱えながら、身体を揺らす。
たまに手で調子を取ったりする。
ふわっと腕を上げると気分も上がった。
ぱっと両手を広げると気持ちが開けた。
すっと手を下ろすと格好いい気がした。
——音楽が、好きだった。
問題は、雨の日。
なにぶん安アパートだったから、雨粒が軒を叩く音がやけに響いた。
せっかくＦＭの綺麗な音質なのに、ノイズがかかったように雑味が混じる。

そんな雨は、ちょっぴり嫌いだった。

最悪な母の中でも、特別ワタシが嫌悪した所が二つある。

一つは顔。

顔立ちの似てない母娘なんてこの世には沢山いるが、残念なことにワタシと彼女の顔立ちはよく似ていた。

自分の顔が綺麗だどうだと褒められるたびに、酷く不快な気分だった。

母に似た自分の顔が嫌なのか、間接的に母のことを褒められるのが嫌なのか。

あるいは、どちらもなのかもしれないが。

そして、もう一つ。

容姿よりも嫌ったのは、天稟(ルクス)だった。

その効果は《魅了》。

相手の意思を無視して人の心を惹きつける、外道の才能だ。

効果としては、ほんの少しだけ相手の目を惹きつける程度のものでしかない。

——惹きつければ大抵、相手は整った面貌に意識を向けてしまうから。

普通そういった精神操作系の天稟(ルクス)は政府からも危険視されるものだが、男の何人かを引っ掛ける程度の力では問題にはされなかったらしい。

いっそ、もっと強力な効果があれば危険人物として【循守の白天秤（プリム・リーブラ）】から注意を向けられたのに、と何度も思った。

問題は、ここからだ。

天稟（ルクス）と代償（アンブラ）は遺伝しやすい、そう言われている。

詳しくは解明されておらず、統計結果から見た言説でしかない。

しかし時に、数字は演説家よりも雄弁にものを語る。

厳然たる事実として、親と子は類似した天稟（ルクス）と代償（アンブラ）を得やすい傾向にあった。

最初にこれを知った時、ワタシは思わず泣きそうになった。

自分もあんな女と同じ力を得てしまう。

それはもはや恐怖に近く、眠れない夜なんて幾度もあった。

箪笥の奥に乱雑に置かれていた母子手帳で知った、七歳の誕生日。

秋雨の季節に違わぬ雨の日だったのを覚えている。

たまたま休日だったその日、ワタシは部屋の隅で膝を抱えてうずくまっていた。

天啓。

天稟（ルクス）を授かる時のことは、一般的にそう呼ばれている。

鐘の音が頭の中に鳴り響くから、神からの祝福だとされているらしい。

なんて安直なネーミングだ、とワタシは名称にすら悪態をつきたい気分だった。

時計の針が、十二を刻んだその瞬間。

確かに鐘の音が鳴り響き、ワタシは自らの天稟を知った。
いえ、知ったというよりは、〝気づいた〟と言った方が正しいかもしれない。
新しい何かを知った時、あるいはそれに挑戦した時。
ふと「ああ、これは自分に向いているかも」と思うことがあるだろう。
不思議な納得感と共に、自分には「これが向いている」と気づく。
それと同じで、ワタシは自分の天稟で何ができるか〝気づいた〟。
《念動力》。
自身及び無機物を自在にコントロールする力。
当然、無制限ではないけれど、力の強弱なんてどうだって良かった。
——あの女と一緒じゃない……！
それだけで身体が羽毛のように軽く感じられた。
極度の緊張から解き放たれて、思わず立ち上がる。
そんなワタシに、——神は気づかせるのだ。
天稟が終わったら、代償の番。
まるで嘲笑うようだった。
『魅了』。
常時発動、見る者の目を惹きつける。
それが、自分と無機物を意のままに操る代償。

自分以外の全ての者は、願うようには動かせないのだと言うように。

「あ、ああ……」

ガクガクと膝が震える。

怖くて怖くて、堪らなくなった。

何かに縋るように、引き戸を開け放ち、外へ向かう。

どういうつもりか、その日、母は一人でぼんやりと自室にいた。

何をするでもなく座っていた母の目が、ワタシを捉える。

「――ぁ」

その時の母の陶酔（とうすい）するような瞳が、今も忘れられない。

◇◇◇◇◇

――自分にとっては地獄でも他人から見るとそうは映らない、というのは往々にしてあることだ。

七歳の誕生日に届けられる国勢調査の書類に、ワタシは自分の天稟（ルクス）と代償（アンブラ）を偽りなく綴（つづ）った。

綴らざるを得なかった、とも言う。

そこに書かれた「虚偽は罪に問われる」という文面を恐れたのだ。

これは後々知ったことだけれど、そういった虚偽・隠蔽の看破を仕事とする機関がある。

あの時、嘘の報告をしていたらと思うとぞっとしない。

ワタシが今でもそいつらを気に入らないのは、このことが影響していると勝手に思っている。

というのも、その書類を行なった数日後。

ワタシは国立機関に呼ばれ、検査という名目でさんざん引っ張り回された。

《念動力》はとても便利な天稟（ルクス）だ。

普通、こうした能力は無機物のみしか対象とならない。

それを自分まで操れると言うのは、同系統の天稟（ルクス）だと破格と言えた。

その分コントロールに難があるのだけれど、それを加味しても、である。

――それよりもずっと注目されたのは代償（アンブラ）の方。

ワタシにとっての呪いは、人にとっての才能だった。

どこかしらで言われた「天稟（ルクス）が二つあるようなものだ」という台詞に対して喚き散らかして暴言を吐いた。

それが称賛だなんて、七歳のワタシには思えなかった。

ちょうどこの頃からワタシの口が悪くなった。

それまでは碌に喋りもしなかったから、どちらがマシなのか分からない程度の変化だ。

それでも、代償（光）に寄ってきた虫を追い払うのには役に立つ変化だった。

信じられないことに、無視されただけじゃ永遠に追いかけてくる輩がいるのだ。

頭が特別良いとか、運動が特別できるとか。

そういう〝ちょっと有望な〟男子にそれをされた日には最悪だ。

色恋の嫉妬から向けられる視線というのは、嫌に脳裏に残る。

わざと聞こえるように「才能に恵まれて羨ましいよねー」なんて話をされるのは日常茶飯事だった。

〝恵まれた〟ワタシにそれ以上何かするほど根性のある奴はいなかったけれど。

気分を著しく害するにはそれで充分だった。

ましてやそれが代償（影）のせいだなんて、吐き気がした。

――だから、ワタシは天翼の守護者（エクスシア）を目指すようになった。

代償（アンブラ）が才能だと褒められる（罵られる）なんて堪ったものではない。

しかし代償（影）は濃く、消したくても消せない。

ならば、影よりも強い天稟（光）で打ち消してしまえばいい。

どこぞの夢見がちな少女とは違って、ワタシにとっての天使は〝夢〟ではなく〝手段〟だった。

口が悪くなるのと同じ頃、ワタシは家に沢山のガラクタを持ち込むようになっていた。

「……なにしてるの」

「べつに」

母の問いにすげなく返すワタシの手には図工室からもらってきた要らないものが抱えられている。

言うまでもなく、天稟（ルクス）の特訓のためだ。

保健室で体重を測って、それ以下のものを沢山かき集めた。

ちなみに、最初に動かそうとした林檎が壁に激突して破裂したのを見て、自分を《念動力》で動かすのは後回しにしようと決めた。

制限がなくなれば強くなれるからと体重を増やそうとした時期もあったが、小さい頃から物を口にしない生活をしていたため、食事量を増やすことに耐えられなかった。

こちらも早々に断念した。

「……なりたいものでもあるの？」

「天翼の守護者（エクスシア）」

言葉少なに返すと酷く驚いたような顔をされた。

ざまあみろ、と襖を閉めてからほくそ笑んでやった。

——いつの間にか、あれだけ聞いていたラジオはガラクタの山に埋もれていた。

「ねえ、四組の転校生。天稟（ルクス）ないらしいよ」

「うっそ、まじ？」

そんな声が聞こえてきたのは、七歳の誕生日からもうすぐ二年が経つ麗かな春のことだった。

陽気な日差しに似つかわしくない会話だな、と思った記憶がある。

下世話な奴らは下世話な世界でしか生きていけない。

多分、そこが奴らの生息環境なのだろう。

「……かわいそうな人たち」

ついでに、彼女らの標的にされた転校生とやらにも同じ言葉を送った。

お互い、才能のあるなしで嫌われて大変ね、と。

その時はそれだけで、ワタシの興味はあっという間に薄れていった。

――それから数ヶ月もしないうちに、その子がワタシに声を掛けてくるとは流石に予想していなかった。

「と、ともだちに、なってくれませんか……？」

それを聞いて、湧き上がる思いをそのまま言葉に出した。

「――くだらない」

ワタシがかわいそうなどという感情を抱いたその子は、いつの間にかトモダチで囲まれるようになっていた。

風の噂によると、六年生の男子が彼女に会いに足繁く通っているらしい。

その男子が大層人気だそうで、彼が熱を上げる彼女もあっという間に人気者になったそうだ。

何が何やらさっぱり分からないが、驚くほどにどうでも良かった。

その状況も、トモダチが沢山だとはしゃいでいる夢見がちな彼女も。

「オトモダチを作って、スタンプラリーでもしてるつもり？」

で、その最後の一マスがワタシだ。

馬鹿馬鹿しい。忙しいのだから巻き込まないでほしい。

そんな気持ちで踵を返したワタシの背に声がかけられた。

「本当の友達を……っ」

「――」

「本当の友達を作るといいって、言われたの……」

本当の友達、なんて如何にも夢見がちな彼女に似つかわしい言葉だった。

しかし、ワタシが気になったのは「言われた」という台詞。

「……なにそれ。人に言われたの」

肩越しに振り向くと、彼女は恥ずかしそうに下を向いた。

そんな彼女を見ながら思う。

――この子、ワタシの顔とか代償（光）とか、どうでもいいのね。

思った瞬間、言葉を発していた。

「いいわ」

友達になるのは、別にいい。

切り捨てるのはいつでもできるのだから。

それよりも、彼女のワタシへの無関心が本当かどうか確かめてやろうじゃないか。

「なりましょうか、『友達』」

どこまでも見下したまま、ワタシは彼女の提案を受けた。

………なによりも予想していなかったのは、一年もしないうちに彼女と仲良くなり過ぎてしまったことだ。

第四幕　開演

「次の場所で午後の予定は最後になります～」

相変わらずポワポワした天翼の守護者のお姉さんが前に立ち、いよいよ最終地点へと向かうツアー一行。

俺とヒナタちゃんは最後尾から少し離れてそれに続く。

二人で内緒話をするためだ。

「そうやって、わたしとルイちゃんは仲良くなったんですよ」

ヒナタちゃんから教えてもらったのは、彼女とルイの馴れ初め。

それを聞いた俺は思った。

――え、俺の影響デカくね……？

いったん、軽く流れをまとめてみよう。

一つ、俺がヒナタちゃんに「友達になれ」と言った。

二つ、百合った。

三つ、俺が挟まりにいってる（ように見える）。

――え、手の込んだ自殺……？

呆然とする俺を見上げて、ヒナタちゃんがじとっとした視線を向けてきた。

「ぜんぜん覚えてないんですか……？」

「い、いやっ、『装飾品に目が眩まない子と仲良くしな』って言った記憶はある……んだけど、それが雨剣(うつるぎ)さんだったとまでは……」

「ルイちゃんってあの頃から美人で有名だったんですけど……本当にお兄さんらしいですね」

自分の興味あること以外には何も興味ないんですから、と残念な人でも見るような目を向けてくる妹分。

あれ……お兄さんの威厳が……。

「ヒナ？」

パッと前を見れば、ツクモと一緒に歩いていたルイが俺たちを振り返っていた。

「なんでもないよ、今行く！　……じゃあお兄さん、続きは見学会が終わってから、また」

「うん、わかった。ありがとうね」

怪しまれる前に切り上げて、前の集団に追いつく。

女性陣は三人仲良く触れ合いだしたので、俺は一人黙って考え込むことにした。

いま考えるべきは原作での彼女たちの関係だ。

時系列順に並べると『わたゆめ』の進行はこうなる。

――第一章。

天翼(エクスシア)の守護者になったヒナタちゃんが既に〝秀才〟として名を馳せていたルイとパートナーにな

るところから物語は開始する。

この時点でヒナタちゃんは養成学校（スクール）の同期で活躍しているルイを尊敬していたが、ルイはヒナタちゃんなど眼中になく知らなかった。

天翼（エクスシア）の守護者の仕事とペアに構わず事件を解決してしまうルイに振り回されるヒナタちゃんの奮闘が描かれる。

章ラストで別の事件を追っている時に、ルイが連続殺人犯〈誘宵（いざよい）〉と遭遇してしまう。

戦闘の末、取り逃しそうになったところを遅れてきた主人公（ヒーロー）ヒナタちゃんが倒し、確保成功。

最後にルイが一言だけお礼を言って、小さくも確かな進展が描かれる。

ここまでが第一章にして、『わたゆめ』第一巻。

――続く、第二章。

ここが二人の関係が大きく前に進む回で、話のメインはルイとヒナタちゃんが公私をともにして仲良くなっていく様子だ。

その中でルイの過去にも触れていく。

彼女の幼少期に関しては、記憶違いがない限り、この世界のルイとほぼ同じ。

唯一違うのは――小学校の時点で仲良くなっているか否か、だ。

『わたゆめ』では、小学校の描写は皆無だった。

当然、彼女たちが同じ小学校であることなど俺含む読者は知る由もない。

過去の二人に関しては、養成学校（スクール）でヒナタちゃんが一方的に淡い憧れを抱いている描写がほんの少しあるのみだ。

二人はお互いの過去を明かした上で、仲を深めていく。

天翼の守護者(エクスシア)のペアであるというだけでなく、彼女たちは高校の同級生でもある。

帰り道にスイーツ店に寄ったり、カラオケに行ってみたりという、普通の――年相応の娯楽。

ヒナタちゃんに振り回されるようにして、ルイはそれを覚えていく。

人生で初めて食べるクレープを黙々と、けれど目を輝かせながら食べるルイ。

人生初めてのカラオケで実は音楽が好きだと明かし、思わずヒナタちゃんが聞き惚れるような歌声を披露するルイ。

そうした日常風景とともにヒナタちゃんと読者に向けて語られるルイの過去があるからこそ、雨剣ルイという人間の息遣いが感じられた。

特に人間不信だったルイが見せる柔らかな笑顔は、とても胸に迫るものがあった。

そんなものを見せられて彼女に惚れ込まない方が難しい。

俺も、俺以外の読者も、全員が彼女の魅力にやられたはずだ。

第一回人気投票で第一位という輝かしい結果を残したことがそれを証明している。

そんな完璧ヒロインなルイとヒナタちゃんが協力して倒すのが、【救世の契り(ネガ・メサイア)】有力構成員だった〈剛鬼(ゴウキ)〉。

単独では倒せなかったはずの彼を二人で倒すことで、彼女達は天翼の守護者(エクスシア)としても代えがたいパートナーとなり、第二章が幕を閉じる。

この第二章が二、三巻だった。

「……うん、結構思い出してきた」

十八年前に読んだのが最後にしては内容を覚えている方だったと思う。

だが、こうして整理し直してみると、忘れかけていた細かいことまで芋蔓式に記憶から引っ張り出されてきた。

逆に現時点で、原作と変わってしまっていることがいくつかある。

一つは、第二章最大の敵であるはずの〈剛鬼(ゴウキ)〉が既にヒナタちゃんに敗北していること。

……俺のせいである。

次に、第一章で対峙するはずの〈誘宵(いざよい)〉が出てこなかったこと。

『わたゆめ』での時系列的には、おそらく一ヶ月ほど前。

俺とヒナタちゃんとルイの三人でショッピングモールに行くという天国のような地獄を味わった頃の周辺だったと思われる。

〈誘宵(いざよい)〉が事件を起こさなかったのは、〈剛鬼(ゴウキ)〉が派手に暴れたことと関係しているはずだ。

彼女は自分が一番目立ちたいと思うタイプの悪役なので、〈剛鬼(ゴウキ)〉と報道が被るのを嫌ったのだろう。

……となれば、やはり俺のせいである。

そして最後。

傍陽ヒナタと雨剣ルイ。

彼女たちの仲が進展どころか完成されていること。

――俺のせいである……ッ！

結論、全て俺のせいです。Q．E．D．

『わたゆめ』のシナリオを壊したくてやっているなら、諸葛孔明もびっくりの神算鬼謀である。ぜんっぜん意図してませんでしたけど。

「ひょっとして俺って馬鹿なのか……？」

頭の中でミニ・クシナが俺のことを呆れ果てた目で見ていた。

首を振って常識人を払いのける。

ぶっちゃけた話、これで何も問題が起こっていないならそれでもよかった。

ルイの殺意が高いのも、彼女とヒナタちゃんの仲が良すぎるのも、まあいいだろう。

だが恐らく、俺の原作改変が原因でルイの笑顔が曇っている。それはダメだ。

推しの笑顔を奪っておいて何がオタクだろうか。

こうなったら「君たち二人の間に挟まりません」とか言ってる場合じゃない。

最優先は彼女の悩みを取り除くこと、それ以外にありえない。

……まあ、ついでにルイからの殺意もなくなれば万々歳ですよね。

「さて」

それじゃあ、推しの笑顔を取り戻すとしま――

「はぁーい、ここが【天空回廊】で～す」

「わー、すごーい!!」

「きれー！」

ウワー!!　スゴイーーー！！！

【天空回廊】だあああああ！！！！

キレーーーー！！！

「……って、そうじゃないっ！」

いつのまにか再び湧いていたミニ・クシナがため息をついた。

◇◇◇◇◇

第十支部の上層は二つの塔に分かれている。

片方は【星の塔】。

支部長室や副支部長室があり、重要参考物・資料の保管庫などもある。

もちろん、これは公表されていない。俺が『わたゆめ』で知っているだけだ。

この【星の塔】が先ほどまで俺たちがいた塔。

そして、もう片方が【月の塔】だ。

諸々が詰め込まれている【星の塔】とは異なりこちらの内部はシンプル。

塔全体が、人々に天稟(ルクス)を授けた神を祀る聖堂になっている。

以前、第十支部を「城ではなく大聖堂」と称したのは、これが理由だった。

そして、それら二つの塔を繋ぐのが【天空回廊】であった。

「にしても、すっごいな……」

回廊の横壁は全面強化ガラスでできており、桜邑(おうら)の街並みが一望できる。

それだけなら、ちょっと高いビルに行けば同じような景色を望めるのだが、ここでしか見られない光景があった。

【天空回廊】は一本の架け橋ではない。

何本もの回廊が立体的に交差しているのだ。

その美しさと緻密さは――少々天翼の守護者(エクスシア)には似つかわしくないが――蜘蛛の巣を思わせる。

その糸の総称が【天空回廊】なのだった。

「に、兄様……これもとんでもない額だぞ……羨ましい……」

ツクモがぼそりと震え声を出した。

隣でプルプルしていると思ったら、またしても建設費用に打ち震えていたらしい。

「ふっ、だが昏き我らには蟻の巣(ネスト)が相応しい……」などと香ばしいセリフで自己防衛を始めた妹分を引っ張っていく。

遅れ気味だった列に追いつくとルイがツクモを掻っ攫っていった。

漏れなく冷たい視線まで送られた。

「どうしてここは外に出れないの？」

「さっきの広間は外に出れたのにねー」

「う～ん、ビル風って分かるかなぁ？　巻き上がるように強い風が吹いていて危ないのよぉ」

いくつかの質疑応答も混ぜつつ、わいわいと話しながら回廊を渡りきる。

突き当たりの扉の前で、先頭のお姉さんがくるりとこちらを向いた。

「はぁい、楽しい空の旅はここまででで～す」

「え～」

「もう終わり……？」

子供達から残念そうな声が上がる。

たしかに景色のインパクトは大きかったし、気持ちはわかる。

けれど【天空回廊】の終着点――そこは【月の塔】への入り口だ。

『けんがくツアー』と書かれたミニ旗を揺らすお姉さんがにま～と笑った。

「ようこそ、我らが聖堂へ～」

彼女に導かれて扉を潜ると、青空が一変する。

子供達もいつのまにか周囲の景色に釘付けになっていた。

そんな中、ツクモだけはスンとした表情で辺りを見回している。

「こっちはそうでもないな」

彼女の忌憚なき感想に、俺は思わず苦笑した。

たしかにパリのノートルダム大聖堂だとかケルン大聖堂だとかと大して変わらない。

木の椅子に壮麗(そうれい)なステンドグラスの壁窓、立ち並ぶ天使の像や中央の祭壇。

今まで散々【循守の白天秤(プリム・リーブラ)】の粋を見せられてきた手前、それほどでもないという感想は理解できる。

事実、オタクとしても【天空回廊】の方が『わたゆめ』作中の舞台として使われることが多かったため、そちらの感動の方が大きかった。

だが、聖堂にも特別な点はある。

それをツクモに教えようとして、それよりも早くガイドのお姉さんが言った。

「それでは、私たち天翼の守護者(エクスシア)とのグループ行動はここまでになります～」

その言葉に、例の如くそこかしこで幼児達の残念そうな声が上がる。

俺はちゃんと我慢したが。

なにせ俺はこの後どうなるか予想できている。

「ふふ、少しだけ待っていてね～。これからみんなには天翼の守護者(エクスシア)たちの聖歌をお届けします～」

聖歌。一般的には讃美歌を含む宗教歌のことを指す。

けれど、それはここでは違う。

そもそもの話、【循守の白天秤(プリム・リーブラ)】は軍だ。

前世の日本で言うならば——無論、細かな立場や定義などは異なるが——自衛隊が最も近いだろう。

そして天秤(リーブラ)が指す聖歌隊とは、軍楽隊とほぼ同義だ。

どの国にも時代にも「士気の鼓舞」や「軍隊の広報」といった目的で彼らは存在しており、天秤(リーブラ)

においてもそれは同じだった。

むしろ天翼（エクシア）の守護者一人一人がある種の偶像（アイドル）的な存在と化している以上、普通の軍隊よりもそれが占めるものは大きい。

「いま天翼（エクシア）の守護者になろうと思ったら歌か楽器の技量は必須」なんてことが冗談めかして言われているくらいである。

――当然、オタク的にも必須だと思います……ッ！

堅苦しく表現したが、元々『わたゆめ』は漫画。

オタクコンテンツとしても音楽があるのは非常に強い。

まあ、天稟（ルクス）が優秀で努力も必要な上に、歌や楽器にまで技量を求められるとか、それなんて修羅の道？　と聞きたくなるくらいの狭き門だが……。

ヒナタちゃんを始め、天使には本当に頭が下がります。

というようなこと（オタクの部分以外）を噛み砕いて分かりやすく説明している、国語力が高めなポワポワお姉さん。

彼女を置いて、周りの天使達は静かにフェードアウトしていく。

ヒナタちゃんも俺に軽く手を振って去り、ルイも俺を睨みつけながら去っていった。

ふと、聖堂の二階部分に別の人だかりがあることに気づく。

それは副支部長、イサナさん達が案内している一行だった。

天翼（エクシア）の守護者以外は、見るからに高そうな服装をしている人たちばかり。

あちらはあちらで〈不死鳥〉が言っていた「パトロンとの不和」とやらの解決のために動いているのだろう。

苦労人なイサナさんには本当に頭が下がります。

その時、俺の横にいたツクモが「おっ！」と声を出した。

見れば、彼女はぴょんぴょん跳ねながら手を振っていた。

――イサナさん達に。

「ば……っ！」

慌ててツクモの手を掴んで止める。

むっとしてこちらを向く彼女に詰め寄った。

「ちょいちょいちょい！『わあ、さっきもいた天使だあ』じゃないんだぞ⁉」

「む、だが……」

「だがじゃありません！　副支部長だぞ、あの人⁉」

ツクモが黙って、反対の手で二階を指差す。

やめいっ、と言いそうになった俺の視界に飛び込んできたのは、ツクモに向けて微笑んで手を振りかえすイサナさん。

――えっ、なにそれ天使……？

メイド服（謎）に身を包み、優しく手を振り返してくれる美人さんを見て胸を打たれない人間がいるだろうか。いや、いない。

——優しい！　好き！　人気投票入れました！

と、イサナさんがツクモの横にいた俺に視線をスライドさせ、

「————っ！？！？」

目があった途端、首ごと顔を逸らされた。

「Ｏｈ……これが女尊男卑か……」

悲しみに暮れる俺と、そんな俺をきょとんとして見上げるツクモ。そこへ、

「じ～……」

やけに視線を感じてそちらを見れば、視線の主はまさかの三人。

溌剌とした勝ち気そうな少女と、標本でも見るように俺を眺める少女、それから伺うようにこちらを見る気弱そうな少年。

「…………ん？」

この子達、どこかで見たような……。

——『あのおねえちゃんたち、イミわかんないこと言ってるよ』

——『しゅーちしんとかないのかな』

——『頭弱そう……』

脳裏をよぎる、苦い記憶。

俺はよろよろと彼らから距離を取る。

「き、君ら、百年祭（サタナリア）の時の……！」

ヒナタちゃんとデ……出かけた百年祭（サタナリア）で、手を（仕方なく！）繋ぐ俺たちを散々になじって人混みに消えた少年少女だった。

「む、知り合いか？」

ツクモは俺と後ろの三人を見比べながら首を傾げる。

場を代表して少年が俺を指差す。

「女の人と手を繋いで意味不明なこと言ってたアホ」

「そういえばコイツ口悪かったな……」

場を代表させるんじゃなかった……。

ちゃんと説明するために視線を上げると、きょとんとした眼差しで俺を見るツクモがいた。

「兄様は、どこにいても異性の話題に事欠かぬな」

「そんなことないわっ！」

それから一生懸命、真心を込めて説明すると、ツクモは適当に頷いた。

「うむうむ分かった分かった」

「さては分かってないな……？」

納得いかずにいると、ちょいちょいと袖が引かれた。

目を遣れば、気弱そうで辛辣なクソガ――少年。

彼はじっと俺を見つめてぼそりと言った。

「女性への安易な優しさは地獄への最初の一歩だよ？」

「――――」

俺は、戦慄した。

少年の目が枯れ果てた無花果(イチジク)みたいな色を湛えていたからだ。

――コイツ、この歳でなんて目をしやがる……ッ！

い、いったいこの子の過去に何が……と思えば、彼の後ろには二人の少女。

彼女たちはヒソヒソと何事か言い合っているようだったので、聞き耳を立ててみる。

「ねえ、アンタちょっとユウに近すぎじゃない？」

「そっちこそ、さっきユウにベタベタしてた」

「しっ、してない……っ」

「懺悔室で遊んでたの知ってるんだから」

「～～～っ、アンタだって【天空回廊】で――」

俺は、戦慄した。

この歳で昼ドラを繰り広げている……ッ!?

見たところ、俺と初めて会った時のヒナタちゃんと同じくらいの年頃なのだが、この歳の子供ってこんな早熟なの……？

恐怖を抑えきれないまま少年をもう一度見下ろした。

見返す少年と視線が交差する。

「――――ッ」

な、なんて深みのある眼差しなんだ……。

きっと彼は自らが犯した優しさ（過ち）によって苦しめられる現状に慣れきってしまったのであろう。

佇まいの貫禄が違う……。

「――お兄ちゃん、女性への安易な優しさは地獄への最初の一歩だよ？」

「ぐっ……!?」

繰り返される至言。

ついさっき小さい頃の自分がヒナタちゃんに優しくした結果生じた原作ブレイクの数々を自覚した身としては非常に耳に痛い。

悶えていると、彼は俺を憐れむように笑った。

「ふっ、精進しろよ……」

「せ、先生……？」

と、その時、しゃららと流れ星が降るような音が鳴った。

惹き寄せられるように聖堂の前方を見る。

【循守の白天秤（プリム・リーブラ）】の聖堂といっても教科書でよく見るようなものと一見して変わりない。

ツクモが退屈そうにするのも理解できる。

しかし普通の聖堂とは一つだけ異なる点があった。

聖堂中央奥部の祭壇。

その前に、開けたスペースがあった。

前半分には何もなく、後ろ半分には――管楽器・打楽器が並べられている。

まるでオーケストラの舞台だ。

そこにポワポワしたお姉さん以外の天使たちが両サイドから入ってきた。

もちろん、ヒナタちゃんやルイもいる。

そしてその身に纏う衣装は、先程のまでの隊服ではなく――シスター服だった。

――ぴゃっ（（割愛
……というわけで天使を超越し、一周回ってシスターさんになって帰ってきた天翼の守護者たち。

彼女らにとって歌や演奏時はアレが正装なのである。

別衣装 ver. でまずシスター服を見せてくれるとか『わたゆめ』神作品すぎんか……？

――ていうか可愛っ（（割愛
楽器隊が配置につき、ヒナタちゃんたち聖歌隊がその前に並ぶ。

それからその全員の前に、一人の少女が立った。

他のメンバーよりも少し豪華な装飾のシスター服を完璧に着こなす指揮者。

雨剣ルイは俺たちに背を向けて、ただ佇んでいる。

たったそれだけで、ひたすらに美しく、人の目を惹きつけた。

神聖な聖堂で何よりも触れがたく在る少女が、片手を上げる。

水を打ったように。あるいは、耳が痛いほどに。

そんな形容句が過分でないくらいに聖堂は静まり返っていた。

あれだけ元気よくはしゃいでいた子供達が息を、固唾を呑んでいる。

皆一様に面白いくらい上体を前のめりにし、壇上で掲げられた織手にのみに視線を向けていた。

その腕が振るわれ、全ての音が一斉に溢れ出す、その瞬間。

世界が明るく透き通ったように。

俺は、それに気がついた。

幕間　残響・下

「ひっ、ひひ一目惚れですっ、付き合ってくださいっ！」

「無理」

「綺麗な顔してるな、俺の女になれよ」

「死ね」

「あ、あの雨剣さんって本当に綺麗で、だからっ」

「さようなら」

天稟（ルクス）に目覚めてから、男女問わず告白を受けることが増えた。

以前は一学期に一、二回だったのに、最近は月に二、三回この茶番を見せられなければならなくなった。

「意味不明すぎる」

教室を離れながら、思わず口にする。

どいつもこいつも人の容姿しか見ていない。

だいたい「一目惚れ」とは何なのだろうか。

顔見たくらいで好きになってしまうなんて、あまりにも考えなしだ。

人間を人間たらしめるものが理性である以上、本能のまま感情に従う奴らは獣(ケモノ)に等しい。

「馬鹿ばかしい」

「どうしたの？」

俯きがちな顔をあげれば、ピンクのランドセルを背負ったヒナがこちらを見ていた。

ふっと微笑みが浮かんでくる。

「いいえ、なんでもないわ」

「そう？」

「ええ。帰りましょう」

灰色のリュックサックを背負い直して、ワタシは友人に並んだ。

ワタシに初めての友人が出来てから、三年近い月日が過ぎていた。

同時に手段(夢)への初めの一歩も間近に迫っていた。

つまり、養成学校(スクール)への入学試験だ。

——三年後、【循守の白天秤(プリム・リーブラ)】附属天翼(エクスシア)の守護者養成学校。
「雨剣さん……ようやく、ようやくよ……」
救護室の先生の前で、ワタシは気まずくなって視線を逸らした。
「——ようやく、あなたに『全快』を伝えられるわ」

ワタシの腕や脚は包帯でぐるぐる巻きにされていて、素肌が見えるところは皆無。

脱臼した右肩にいたっては、三角巾で固定されている。

入学から二年と少し、ワタシは常に怪我をし続け、すっかり救護室の常連になっていた。

むべなるかな、この二年ワタシは《念動力》で自身を動かす訓練に終始していたのだ。

それは見えざる神の手で木偶人形を操作しているに等しい。

耐えきれない負荷が掛かるたびにワタシの身体は簡単に壊れてしまった。

苛烈な訓練のおかげで得られた〝秀才〟の称号には満足している。

まあ、ワタシの隣でヒナが軽々と《加速》を習熟させていくものだから、〝天才〟の対だったのかもしれないけれど。

その怪我人生活が、ようやく今日で終わった。

二年間、ほぼ休みなく付き合わされた先生の気持ちも痛いほどに理解できる。

「ありがとうございました」

ワタシは医務室から飛び出した。

「お待たせしました……！」

途中、ゴミ箱へ包帯と三角巾を放り捨てて、昇降口まで駆け抜ける。

言うと、そこで待っていたヒナともう一人が振り返った。

「たいして待ってないよ」

夜乙女（やおとめ）リンネ。

そして、これから一週間の実地研修(インターン)でワタシたちペアの指導役となる人でもあった。

【循守の白天秤(プリム・リーブラ)】入隊直後からエースの名をほしいままにし、今では支部最強とまで称される天翼の守護者(エクスシア)。


――雨。


長剣で胸を貫かれた、女が。

その傍ではヒナが尻餅をついて、濡れた地面に広がっていく血潮を呆然と見ていた。

が、意識を現実に戻すと必死の形相でワタシを見る。

「ルイちゃんっ！　救命措置っ!!」

腕を下ろしながら、ワタシはゆるゆると首を振った。

「無理よ、もう。心臓を、貫いたから」

日頃の訓練の賜物だった。

咄嗟に動いた身体は、的確に相手の急所を捉えていた。

「……っ」

ヒナは唇を噛んで、失われゆく命から視線を切らさない。

たとえ凶悪強盗グループのメンバーであろうとも。


手をかざすワタシから少し離れたところに女が倒れている。

「はァ……っ、はあっ……」

たとえ自分に牙を向け命を奪おうとしてきた相手であろうとも。

彼女は命に敬意を払っていた。

人の命が軽くなって久しい現代では、時代錯誤とも言える価値観だ。

事実、養成学校（スクール）では幾度も注意されている。

けれど、ワタシはヒナのそういうところが嫌いじゃなかった。

ワタシじゃ、そうはなれないから。

――……でも。

たった今、一振りで相手の命を奪った自分の手を見下ろす。

そこにあるのは普段通りの変わらぬ手。

――そのはずなのに。

「…………」

滴る雨がやけに粘ついて感じられる。

冷たいはずなのに、奇妙に熱い。

……不快だ。

その理由も分からず雨粒を睨みつけるワタシと、ただ地面を見つめるヒナ。

立ち尽くすワタシたち二人の元へ、血相を変えて指導官（リンネ）が向かってくるのが見えた。

事は、実地研修（インターン）開始から一週間が過ぎた日の午後に起きた。

連続強盗グループのアジトを突き止めたワタシたちは、複数の他班と連携して突入することになった。

と言っても突入するのは各班のリーダー、つまりは正式な天翼の守護者（エクスシア）のみだ。

ワタシたち見習いは出入り口で逃げてきた犯人がいた場合の後詰めだった。

とはいえ突入するのが支部最強なので、実働の見込みはない。

——その予定が狂ったのは、アジトの外からメンバーが帰ってきた時だった。

逃げようとする彼女はヒナの《加速》の前に呆気なく捉えられた。

しかし彼女が何かの天稟（ルクス）を使ったらしく、ヒナの動きが痺れたように停止する。

その瞬間、犯人がナイフを振り上げ——それが振り下ろされるより前にワタシの長剣が彼女を貫いた。

振り返ってみれば誰のせいでもない。

時の運が悪かっただけだ。

けれど、そうは思わない人もいる。

「なんでっ!?　どうか止めてやってくださいとは言ったけど、殺してくれなんて一言も言ってないっ！」

ワタシが殺した犯人の、母だ。

今回のアジト発覚は彼女からの情報提供で成されたものだった。

先週、彼女から事情聴取を行ったのはワタシたちの班。

リンネさんが今回の顛末を説明しにいった部屋の外で、ワタシは頭を殴られたような心地でいた。

天稟（ルクス）のある現代社会では人の死が軽くなった。

けれど人の命が軽くなったわけじゃない。

社会的にどうだろうと、その人を愛する人は絶対にいる。

強盗犯だろうがなんだろうが、その命は軽くない。

それどころか彼女は愛されていたのだ——自分の母親に。

自然と、言葉がこぼれ落ちた。

「ワタシと、ちがって……」

後悔などなかった。

母なんて好きじゃなかった。

羨ましくなど微塵もなかった。

何も思うところなどないのに。

そのはずなのに、頭の中がぐしゃぐしゃだった。

理由も意味もわからずに、眩暈がするように視界がぐらぐらと揺れる。

「ルイちゃん……っ」

ヒナが、ワタシを抱きしめた。

この子は多分、初めからずっと理解していたのだ。

人ひとりの命の重さを。
ふと、思い至った。
《念動力》の天稟(光)が、無機物か自分しか動かせない理由。
ワタシより軽い命なんて、ないからだ。

「――――ぁ」

背丈が一回り以上小さい相棒の胸に包まれるようにして。
ワタシはきっと、泣いていた。
とくん、とくん、と相棒の心音が響く。
命を奪って守った、命の音。
自分には持ち得ない、愛の音。
あの時の残響が、今も頭から離れない。

◇◇◇◇◇

――執着、というのだろうか。
手の中に残った大切(ヒナタ)を離したくないという、この願望(エゴ)は。
指揮棒を止め、片手を握りしめる。
それに合わせて演奏がピタリと止まった。
瞬間。

パーンと割れるように一斉に拍手が響き渡った。

――まるで、激しい雨のように。

天を仰ぐと、ステンドグラスから陽射しが降り注いでいた。

ひどく豪華な舞台だ。

昔、ボロ屋の片隅で思うがままに腕を振り、身体を揺らしていたあの頃とは違う。

決定的に、何もかもが違った。

第五幕　拝啓、雨降る少女へ

天翼の守護者(エクスシア)たちの演奏を楽しんでいたのは、子どもたち（＋オタク）だけではない。

聖堂の二階部分では、天上の音に聞き惚れる〝お偉方〟の姿があった。

彼女らの案内人として来賓席の末席に座るイサナは、

――もうやだぁ……むりぃ……。なんで私のこと好きなのぉ……？　意味わかんないよぅ、こわいよぅ……。

どこぞの不審者(オタク)から向けられる、理不尽な好意にかなり精神をやられていた。

――人気投票なんて、私出てませんもん……。

若干、素が出てきている。

たしかに全支部合同で天使の人気投票もあるが、イサナがそこに名を残したことは一度もない。

つまり、マジで意味がわからない。

ここまでで受けたオタクの好意(スリップダメージ)がいよいよＳＡＮ値を削り切ろうとしているので、イサナは〈乖離(カイリ)〉への《読心》を諦めることにした。

……ちなみに、ここまでも幾度となくそう思っていたのだが、「でも今なら悪いこと考えているかもしれないしなぁ……」とチラチラ覗き見てしまい毎度ダメージを受けている。

でもやめます。

今度こそやめます。

やめるったらやめます。

「これはまた見事な演奏だな、副支部長殿。ここにいる天使で全てというわけではないだろうに」

背後から気配に振り向くと、ストロベリーブロンドのウェーブロングを波打たせる美女がいた。

一瞬で意識を切り替えて、こころなし背筋を伸ばす。

「お気に召したようで何よりです、ブルートローゼ様」

ローゼリア・C・ブルートローゼ。

今回の見学会の大きな要因となったパトロン、ブラッドローズ家の現当主だ。

最上段の自席から、わざわざ最前席まで足を運んできたらしい。

イサナの座席より数段上に立って、声を掛けてくる。

「そう畏（かしこま）るな。妾（わらわ）と貴様の仲じゃあないか」

傲慢さが滲み出る面貌には、わざとらしい笑みが貼り付けられている。

言葉を額面通りに受け取らせるつもりがハナからないとしか思えない。

——イチかバチか、心を読んでみるか……？

どうにも猜疑心を抑えられぬ彼女の在り様に、そんな短慮が選択肢に上がる。

そう、短慮だ。

イサナの《読心》には『伝心』というリスクがある。

もし、この女狐が自身の予想の範疇を超えた思考回路を持っていた場合、逆にこちら側の思考が読まれることになってしまう。

そうした思考は大抵、反射的に考えてしまった浅いもの。

深い所まで読もうとしなければ、こちらも深いところまで伝えてしまうことはない。

しかし、それですらもローゼリアに気取られるのは危ういと、イサナの直感が訴えていた。

最悪、こちらの天稟（ルクス）が向こうに露呈する可能性まである。

なにせ眼前の女は百戦錬磨の死の商人だ。

一介の構成員（イブキ）や自身の部下（ヒナタ）とは話が違う。

加えてイサナのように精神に作用する天稟（ルクス）は珍しいが、無いわけではない。

常日頃から命を狙われているような人間が、そうしたものに無防備である方が不自然。

むしろ精神防御のための罠すら仕掛けているかもしれない。

考えれば考えるほど、《読心（光）》に縋るのは愚策としか言えなかった。

……ついでに本日の《読心》で意味不明なものを読まされ続けていることも、イサナの自信を地味に削いでいる。

ここまでの思考を、イサナは一秒にも満たない間でまとめた。

最善手は、軽く受け流すこと。進展はないが下手を打つこともない。

次点で、

「はて、私と貴方は対等ではありませんでしょうに。それを自覚されているから、私よりも上に立つのでしょう？」

喧嘩を売る。

何を考えているか探る手がかりでも掴めればいい。

どうせ上っ面だけで牽制し合う時間は終わったのだ。

だからこそローゼリアもこのタイミングで声を掛けてきたのだろう。

「――クくく」

しかしてイサナよりも数段上に立つローゼリアは、面白くて堪らないといった風情で笑う。

彼女の肩にかけられたミリタリージャケットが揺れた。

「闘争は美しいなァ、イサナ・シンドウ」

「私は嫌いですけどね。猿の遊戯ですから」

睨み合う二人から、周りの富豪たちは脂汗をかいて身を引いた。

彼女らにしてみればローゼリアという大財閥の主に乗りにきただけであって、決してどちらか一方と険悪な関係になりに来たわけではない。

どちらにも関与せず、自分の利を得るべく石に徹するのが吉。

そうくるだろうとはイサナも予想していたので問題ない。

向こうに加勢しないだけマシというものだ。

「しかし、シンドウ」

思惑が絡み合う聖堂上段から、すっと緊張が引く。

「残念だが、今日は貴様と争いに来たわけではない」

「…………」

「大人しく続きを鑑賞するとしよう」

言うなり、ローゼリアは呆気なく身を翻した。

……結局、何が目的で話しかけてきたのだろうか。

自席へ戻る彼女の背を油断なく見つめながら、イサナは相手の意図を掴み損ねていた。

万雷の喝采、子どもの無邪気な歓声に、雨剣ルイは優雅な一礼で応えた。

ゆったりと持ち上げた顔は、彫像のように整っている。

絵にも描けぬ静謐な美貌を目にした少女が、ひゅうと息を呑んだ。

上段に座すお偉方も、今はただ一心不乱に壇上の指揮者を見つめていた。

天使達すらも彼女の横顔に囚われていたことだろう。

誰も彼もが雨剣ルイの一挙手一投足に目を奪われていた。

俺も、例外ではない。

けれど、奪われていたのは「目」のみ。

よもや脳は赤熱するまいが、それほどに思考は疾く駆け巡っていた。

——やっぱり、そうか。

雨剣ルイは歌が上手い。

のみならず鍵盤・管・弦・打、およそ殆どの楽器を彼女は手足のように操れる。

それでも、彼女は指揮者を選んだ。

なぜなら、彼女は指揮が好きだから。

原作で、ルイはヒナタちゃんに「全部の楽器が好きなの。だからそれを纏める指揮が一番好き」だと笑顔で語っていた。

『わたゆめ』で彼女が見せる満面の笑みは数少ない。

とてもよく記憶に残っている。

だというのに現在（イマ）、指揮を終えた彼女の美貌は「彫像のよう」なのだ。

ただただ美しく、虚しい。

——今の君は、指揮が……音楽が楽しくないのか。

演奏が始まって最初の一振りで思った。

『わたゆめ』を読んで俺が感じた、まるで白鳥が翼を広げるような自由さがまるでない。

指揮の良し悪しなんざ素人の俺に分かったものじゃないが、推し（ルイ）の良さなら誰より知っている。

……嘘。ヒナタちゃんの次くらいには知っている！

君は、大空を羽ばたくように在る人だ。

決して鳥籠に囚われていていい人じゃない。

なら、君を閉じ込める鳥籠はなんだ？

いつの間にか始まっていた二曲目。
変わらずルイは壇上に立って、指揮を魅せていた。
流れる水のように、彼女の繊手が舞い踊る。
「……〈美しき指揮者（マエストロ）〉」
その言葉をつぶやいた瞬間、
美貌の指揮者の姿に、長剣を背負う戦乙女の姿が重なった。
同時に、訓練場で見た精彩に欠く一振りが想起させられる。
剣と指揮棒。
形は違えど、彼女の得物。
どちらも不調というならば、重なる答えは一つだけ。
——トラウマは「腕を振るう行為そのもの」か。
じゃあ、その傷の原因はなんだ？
——『犯人を、殺してしまったんです』
ヒナタちゃんから聞いた限り、ルイの原作との一番の違いはそれだ。
……その程度で？
ここは、超常の力が当たり前の世界。
そんな世界で、正当な公務の上での過失致死だ。
たかがその程度で、あの雨剣ルイが——、

「――――、あの……？」

あのって、どの？

今、俺が目にしている雨剣ルイだ。

ヒナタちゃん至上主義で、敵対者には容赦がない。

俺の目にはそのように映っている、雨剣ルイ。

でも俺は、『もう一人の彼女』を知っている。

『私の視た夢』、第二章。

――人生で初めて食べるクレープを黙々と、けれど目を輝かせながら食べる『雨剣ルイ』。

――人生初めてのカラオケで、思わずヒナタちゃんが聞き惚れるような歌声を披露する『雨剣ルイ』。

――帰り道にスイーツ店に寄ったりカラオケに行ってみたりという、年相応の娯楽にはしゃぐ『雨剣ルイ』。

「………ああ」

邪魔をしているのは原作知識ではなかった。

捨てるべき先入観は、この世界の常識だ。

人が死ぬのなんて珍しくもない世界。

――でも。

彼女はまだ、十五歳の少女なのだ。

「そこまで分かれば、充分」

ここは『わたゆめ』ではなく、俺が生きる世界。
そして『雨剣ルイ』は笑顔で、雨剣ルイは泣いている。
ならば、
「雨剣ルイを、その鳥籠から救い出す」
彼女が翼を広げられるよう、変えてみせる。
……けど、どうする？
――『貴方も、たまには鏡くらい見てみるといいわ』
クシナにそう言われた時、俺にはその言葉の意味が理解できなかった。
この世界の住人なんだと自分で気付けたからこそ、それを理解できたのだ。
いくら他人に言われたって、実感を伴わなければ理解はできない。
本当の意味で自分を変えられるのは、結局のところ自分だけだ。
けれど、人から貰った言葉にも必ず意味はある。
だって俺は、クシナの言葉から確かなヒントをもらっているのだから。
ということは、俺が、なればいいのである。
俺にとってのクシナのように、ルイにとっての頼りになる存在に。
「――推し(ルイ)の敵である、この俺が……？」
仲良くなる、どころの話じゃない。
自分で言っていて不可能としか思えない壁に、俺は頭を抱えそうになった。

終演（フィナーレ）を迎えた演奏会が終わり、

「お兄さん、難しい顔してどうしたんですか？」

戻ってきたヒナタちゃんが小首を傾げた。

アッ、ちょっと待って、シスター服で近づかないで浄化されちゃう!?

「――いや、ちょっと考え事をしていただけだよ」

「な、なんで急に真顔になるんですか……？」

ヒナタちゃんがちょっとだけ離れてくれた。悲しい（嬉しぃ）。

本音（建前）は置いておいて。

「いや、雨剣さんのことなんだけど……」

と、話そうとした時。

「はぁ～い。みんな、楽しんでくれたかなぁ～？」

ポワポワした声が場に響き渡った。

子供達が異口同音に肯定の意を示す。

……まあ、さっきヒナタちゃんも「ルイの話は見学会の後」って言ってたし。

周りに人がいる以上、ここで無理に話すべきじゃないか……。

ツアーガイドのお姉さんが子供達の返事を聞いて満足げに頷く。

「うんうん、よかったぁ〜。でも残念だけど、今日の見学ツアーはここまでなんだぁ〜」

今度は残念がるような、未練ありげな声が全員から上がる。

それを少し嬉しそうに受け取って、彼女は苦笑した。

「これからみんなで元いた【星の塔】に戻りますよぉ〜」

お姉さんの誘導に従って、聖堂から【天空回廊】へと出ていく一行。

子供の気は移ろいやすく、残念そうな声も徐々に収まり、いつのまにか隣の子と今日のことについて話している。

まるで、テーマパークからの帰り道の様に。

後日、この見学会はドキュメンタリー番組かなにかで公式に発表されるのだろう。

だとすれば、この光景を目にした視聴者は「見学会は大成功だった」と思うに違いない。

これは【循守の白天秤（プリム・リーブラ）】の株がまた上がっちゃうな、と嬉しく思ってから、ふと我に返る。

——待てよ。そういや俺ってなんでここにきたんだっけ。

思い出されたのは、〈不死鳥（しなずどり）〉の笑顔。

……あっ、旗⁉

そうじゃん！　俺、【救世の契り（ネガ・メサイア）】の一員として旗探しにきたんじゃん‼

やばい、どうしよう。

すっかり忘れてた……っ！

見学会大成功で嬉しいな、じゃないんだよっ‼

「あ、そうだ、兄様」

「…………」

探ってきてほしいって言ってただけだし、仮に見つからなくても厳罰とかはない、よね……？

「む、兄様？」

「…………」

まさか、上司（クシナ）に責任がいったり……？

それだけは絶っっっ対に避けなきゃ……！

どうしよう、俺の首差し出せばかろうじてチャラに……。

「──おーい、兄様！」

「うわぁっ、どうした急に⁉」

びっくりして右下を見ると、ツクモがふくれっ面で俺を見上げていた。

「急ではないぞ。何度か呼んだ」

「ご、ごめん、気づいてなかった……。本当に悪いんだけど、ちょっと待ってくれる？　めちゃくちゃ大変なこと忘れてて」

そう謝ると、ツクモはきょとんとする。

「む、そうなのか？　そういえばさっき旗を見つけたので教えておこうと思ったのだが」

「旗ぁ……？　旗なんか後ででいいんだよ。それよりも大事な──旗ぁ！？！？」

「きゃうっ……な、なんだにーさま、きゅうに……」

ぴょこーん、と一つ括りの黒髪を跳ねさせて驚くツクモ。

「あ、いや、ごめん驚かせて……俺も驚いちゃって……」

慌てて謝ってから、自分より小さな彼女の顔を伺うように尋ねる。

「その旗って、あの旗……？」

「どの旗を指しているのか分からんが、〈不死（しなず）——姉様が話していた旗だな」

姉様って……いやナイス配慮なんだけども。

その場合、俺が弟になるんだよな……？

絶対に嫌なんですけど……死ぬまでこき使われそう……。

その姉……〈不死鳥（しなずどり）〉は「旗があるか探ってきて欲しい」と言っていた。

ならば（ツクモが）見つけた時点でその任は（ツクモのおかげで）完璧に遂行されたと言っても（ツクモにとっては）過言ではないだろう。

「ありがとうございます、妹様……！」

要するに、俺は妹に一生頭が上がらないということだ。

「おお？」

全力でツクモを崇める俺に彼女は面食らってから、にこ～っと笑った。

「うむうむ！　もっと褒めるがよい！」

「天才！　神！　可愛い！」

きゃいきゃいとはしゃぐ俺たちに刺すような視線が二つ。

見れば、聖堂の入り口に立って【天空回廊】へと子供を誘導しているヒナタちゃんとルイだった。

——え、ヒナタちゃん？

思わず二度見すると、ヒナタちゃんはいつも通りにこにこしてこちらを見ている。なんだ、ただの天使か。

どうやら俺の勘違いだったらしい。

普段は勘違いなんてしないんだけどな……。

きっとルイの殺意は人間が持ちうる二倍の鋭さを誇っているのだろう。

早く行かないと頼りになる存在どころか、ただでさえマイナスなルイからの好感度が逆天元突破することになる。

……今更かも。

今更ではないと信じて急いで扉を潜る。

すると、先に入った子どもたちが一様に窓へと張り付いて外を見ていた。

理由は聞かずとも分かる。

「——……」

窓の向こうの街並みは——夕景。

沈みゆく夕陽と、橙色に彩られたビル群。

駅から伸びる五本の大通りを中心に、花弁が開くように整然と広がる〝桜花〟が、眼下にはあった。

天翼の守護者（エクスシア）は毎日これを見られるんだもんなー、と少し羨ましく思えるほどの絶景だ。

良いものを見た感動をツクモと共有しようと辺りを見回して、

「……ん？」

言葉を失い街を見下ろす子供達とそれを微笑ましく見る天使達。

——その頭を越えた、窓の向こう。

ここことは別の【天空回廊】が見えた。

そこには副支部長のイサナさんが率いるパトロンの集団がいる。

子供達と同じ道を歩かせるわけには行かないから別々なのだろう。

聖堂に来た時と同じだ。

問題は、そちらの天使達やパトロンが慌ただしく動いていることだった。

それを指揮するはずのイサナさんは険しい表情をしている。

その視線が向く先は隠れていて見えないが……、

「誰かと、言い争ってる……？」

◇◇◇◇◇

「——どういうつもりですか」

イサナは相手を鋭く睨みつけながら問う。

その眼力を真正面から受けて、女——ローゼリアは嗤った。

「先ほどから頭を下げているだろう。妾の監督不足だ、と」

イサナのみならず複数の天翼の守護者（エクスシア）に周りを囲まれていながら、ローゼリアは泰然とした不敵な態度を崩さない。

仁王立ちして腕を組む彼女は、独りだというのに。

そう、客人一人につき一人だけ許されていた専属護衛の姿が見えないのだ。

——いったい、いつのまに。

口の端を強く結ぶイサナが思い返すは、聖堂での一幕。

目的なく話しかけてきたように見えた、あの時しか考えられない。

自分を囮に使い、その間にどうにかして護衛は姿を眩ませたのだろう。

——ブルートローゼに意識を奪われ過ぎましたか……。

駆け引きには敗北したが、いつまでもそれに捉われている場合ではない。

「申し訳ありませんが、ブルートローゼ様。貴方の身柄を一時勾留させていただきます」

「仕方あるまい」

肩を竦めて粛々と腕を差し出すローゼリアだが、その顔には人を小馬鹿にしたような笑みが張り付いている。

嫌な予感を覚えたイサナの耳に、緊急通信が入った。

『こちら通信室っ！　副支部長っ！　当支部全館、主電源が落ちましたッ！』

イサナは、琥珀色の目を見開いた。

その女と遭遇したのは、いつものように暗い小径を彷徨っていた時のことだった。

突然目の前に立ち塞がった女は、薄汚い路地裏でも威風堂々とした有り様を崩さず、言った。

「日本(この国)には花火なるものがあるだろう。あれは好い。硝煙の香りが実に好みだ」

金と赤が混じったようなウェーブ髪と豪華な服飾からは、彼女の地位の高さが窺える。

アメジストのような瞳は、まるで見透かすようにこちらを見定めていた。

——妬ましい。

最初に胸の内に抱いたのは嫉妬だった。

燦然と輝く宝石のような、自分とは真逆の女。

しかし、どこか見覚えがあるような……。

「————っ！」

まさかこんな所にいるとは思わなかったため、思い出すまで時間がかかってしまったが、この顔。

「……ローゼリア・ブルートローゼ」

「ミドルネームが抜けているが、まあいいだろう。今日はこちらが勧誘に来たのだからな」

「勧誘……？」

言葉の真意を測りかねていると、彼女は続けた。

「花火を打ち上げたくはないか？　飛びきりの舞台で——【救世(メサイア)】以上の話題となるものを、な」

「………奴ら以上」

「そうだ」

先日、ショッピングモールで〈剛鬼(ゴウキ)〉が暴れた事件は記憶に新しい。

忌々しいことに最大の反社会勢力たる彼らの影響力は大きいのだ。

近々またパフォーマンスをしようかと考えていたが、あちらの話題性を加味して取りやめたところである。

そのタイミングで、世界屈指の死の商人からの、勧誘。

「……目的と、具体的な内容は」

「これは驚いた。素晴らしい判断の早さじゃあないか」

当然だ。

でなければ、そう何度も人殺しなどできるはずがあるまい。

殺せそうなら、殺す。

殺せそうになかったら、殺さない。

──それは、目の前の豪商にも当て嵌まるわけだが。

「やめておけ」

「………」

表情を失った冷たい美貌に、釘を刺される。

漏れ出ていた僅かな殺気を納めると、その能面に笑みが戻った。

「好(よ)い。判断の早さは商才に等しいぞ。目的は追々話すが――」

彼女は片手を前へと差し出した。

握手か、と気づくと同時に驚く。

この汚い手と結びたいものがいるとは。

「内容は単純。妾(わらわ)の護衛として、【循守の白天秤(プリム・リーブラ)】第十支部に共をしろ。して――思うがまま、花火を上げるがいい」

口角が自然と吊り上がる。

それを自覚した時には、女の手を握り返していた。


――沈みゆく太陽を見ると、いつも胸がすく。

この世で一番目立つものが消える感動だ。

それを噛み締め、小柄な女がこの街の象徴(シンボル)――【循守の白天秤(プリム・リーブラ)】第十支部の屋上で両腕を広げた。

「宵の刻よ、おいでませ……きひひっ」

先程までローゼリアの護衛として共をしていたスーツ姿の女は不気味に笑う。

彼女の世間における通り名は、〈誘宵(いざよい)〉。

これまで十三の惨殺死体を残し、天翼の守護者(エクスシア)の捜査を嘲笑うように潜り抜けてきた女である。

彼女の天稟(ルクス)は《影渡(かげわたり)》。

人知れず人を狩り、正義との対峙から逃れ続けた才能の正体だ。

逢魔ヶ刻。

陽は堕ち、影がその領域を広げる。

正義の城には、光が灯ることはない。

「さあ、開演だ」

木霊する嗤い声を残して、〈誘宵（いざよい）〉は影に沈んだ。

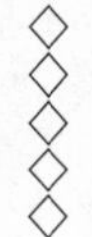

「じゃあ、みんな。そろそろ【星の塔】に戻りますよぉ～！」

はぁ～い、と元気な声が響く。

それに引き戻されるようにして視線を戻すと、先頭にいたお姉さんが扉に手を当てて、はてなと首を傾げたところだった。

「あ、あれれ？　おかしいなぁ、ここの扉は生体認証って言って、お姉さんたち天翼の守護者（エクスシア）が手を当てると電子ロックが外れるようになってるんだけど……」

ぐいぐい、と扉を押しているお姉さんに、周囲の天使達が近寄ろうと動いた時だった。

最後尾にいた俺の視界の中で、影が動いた。

「――――」

子供達を囲むように立ち、扉の方を見る天翼の守護者（エクスシア）。

その足元に伸びる、長い影からぬるりと腕が現れる。

まるで、跳ねるイルカのように。

あっという間に跳び出したのは、スーツ姿の小柄な女。

その気配に気づいた天翼の守護者(エクスシア)が振り向くよりも早く、凶刃が背に――。

――《分離》。

天稟(ルクス)を発動させながら俺は叫ぶ。

「敵襲っ!!」

聞き慣れぬ男の、聞き慣れた台詞。

驚いた天使たちが一斉に振り返る。

その先に、背を浅く斬られた同僚と、その背後の影を認めた。

あの小柄な背格好と、何より特異な天稟(ルクス)。

天翼の守護者(エクスシア)たちが見まごうはずもない。

――それは俺も同じ。

『私の視た夢』一章、ラスボス。

「〈誘宵(いざよい)〉っ!?」

当の女は思ったよりもナイフの手応えがなかったことに首を傾げていたが、この場の全員の視線を集めていることに気づくと、

「……きひっ」

短く嗤い、影に沈んだ。

瞬間、空間の雰囲気が一転する。

「きゃあああああああああ！！！」

「なにっ⁉　なにぃっ！！？？」

正義の味方（エクスシア）が血を流しているのを見て、子供達が恐慌に陥ったのだ。

「みんなっ！　落ち着いてっ！　大丈夫だから‼」

それを鎮めようと周りの天使たちが声をかけるが、それすらも届かない。

先頭近くにいた天使たちは扉に駆け寄るが、

「やっぱり開かない⁉　なんで……っ！」

「これ……電気が……」

どうやら電気系統が機能していないらしき会話が聞こえた。

「うそ、でしょ……」

ここだけか、それとも支部全体か。

どちらか分からないが、彼女らの動揺は失態だったと言わざるを得ない。

敏感にその悪い状況を感じ取った子供達が一層、泣き叫ぶ。

何か——と考えを巡らせた、その時。

隣にいたツクモの影が、揺れた。

普段なら、天稟（ルクス）を使ってどうにかしたところだろう。

けれど、守るべき対象が下手に手の届く場所にいたことが災いした。

「……ツクモっ！」

ツクモを庇うため、抱き込んでしまったのだ。

咄嗟の行動に対する代償（アンブラ）が、『接触』が支払われ始める。

それによって《分離》が使えなくなることには、その直後に気づいた。

走馬灯のように後悔が浮かぶ。

――せめて、なんとか死なない場所に刺さってくれ……！

その神頼みじみた願いは――天使によって聞き届けられた。

「――――」

風が吹き荒れ、俺の耳には風切り音と、少し離れた場所で何かの衝撃音。

それと、

「ねえ」


背筋が凍りつくような、低声（こごえ）。

振り向くと、〈誘宵（いざよい）〉が【月】の扉に叩きつけられているのが見えた。

その、手前。

俺のすぐ後ろに、たなびく純白の隊服（コート）が広がっていた。

「あなた、いま、誰の背中を傷付けようとしたの……？」

最速の天使。そして、推し。

俺を庇うように立つ彼女の声音に、自分が向けられた訳でもないのに空恐ろしさを覚えた。

傍目にも鮮烈に伝わる激情。

原作主人公・傍陽ヒナタは今、

「ねえ、ほら、寝てないで、答えて……？」

間違いなく、ブチギレていた。

ヒナタちゃんが、激怒している。

こんなに怒った彼女は『わたゆめ』でも見たことない。

もはや呆然として見ていると、ヒナタちゃんはハッとしたように振り返った。

「お兄さんっ、怪我は⁉」

「大丈夫、ありがとう」

心配してくれることに嬉しさを感じながら、頷く。

「それより、前！」

「……………っ」

ヒナタちゃんが前を向いた時には、

「き、ひひひ……」

〈誘宵(いざよい)〉は地面の影へと沈みゆくところだった。

……さすがにアレで終わりとはいかないか。

すばやく周りを確認すると、周囲の天使もシスター服から隊服へと姿を変えている。

子供達は一撃で敵を吹っ飛ばしたヒナタちゃんを驚いて見ていた。

――さすが主人公。

天翼の守護者(エクスシア)と子供達、両方の動揺を一瞬で鎮めてみせた。

天使たちが素早く子供達を中心にして臨戦態勢を取る。

沈黙。

誰もこの場から動けずに、襲いくる敵に集中している。

「…………」

天使全員が影ある場所を注視している中、俺が目を向けたのは外。

立体交差の向こう側、別の【天空回廊】に――いた。

イサナさんや、パトロンのご一行だ。

彼女らは開かずの扉にどう対処するのか……って。

「わお……ぶっ壊しちゃった……」

天使の一人が大槌(ハンマー)で大扉をぶち抜いて【星の塔】へと入っていくのが見えてしまった。

彼女の後について、イサナさんたちが塔の中へと続く。

……壊していいんだ。

「――――」

と、おそらく皆が地面を見ていた中。

顔を上げていた俺だけがそれに気づいた。

回廊の天井。

そこは、一面の影。

「う――」

上、と警告するより早く。

「――ばあ」

真ん中に固まる子供達の真上。

天井から、殺人鬼が落ちてきた。

天使たちの注視していた方とは真逆。

完全に裏をかかれた彼女らは反応できていない。

「きひ」

〈誘宵〉は両手に握りしめた短剣を振り下ろそうとし、――弾かれるように顔を上げた。

その三白眼に映るは、眼前まで迫った長剣。

雨剣ルイ。

彼女が指揮する銀閃だけが子供達の頭上を抜け、奇襲への対応を可能とした。

――取った……！

空中に身を投げ出しているのだから抵抗のしようがない。

──その俺の予想を嘲笑うように、〈誘宵〉は驚異的な反応を見せた。

両刃を交差させて、迫りくる剣身に滑らせる。

軟体動物のように身体をしならせスレスレで剣を避けると、そのまま地面へ落ち──潜水するように影へと溶けた。

「チィ……ッ」

曲芸技で一撃をいなされたルイが舌打ちする。

誰も対応できなかったあの状況で子供を守ることに成功したのだから──いや。

『雨剣ルイ』であれば、あの攻撃を外すとは考えにくい。

──やっぱり本調子じゃない……！

けれど、庇護対象を守り抜いたのには違いない。

圧倒的不利な奇襲を受ける側でありながら、序盤を受け切ったのは大きいはずだった。

初撃は俺。次撃はヒナタちゃん。最後はルイ。

俺はともかく、二人はやはりずば抜けて対応力が高い。

けれど、このまま守り続けていてもこちらの不利は変わらない。

変幻自在の襲撃から子供達を守りきるのにも限界が訪れるだろう。

俺は【月】の扉を見る。ここからは十五メートルもない。

見極めて、走り出す。

「お兄さん……!?」

ヒナタちゃんの悲鳴が響き、その場の全員が一斉にこちらを見た。

つまりは、隙が生まれた。

俺に集まる視線とは反対側。天使の意識の外側で影が揺れた。

唯一俺だけはそれを見逃さない。

「――――」

這い出てきた上半身と、目が合う。

枯れた灰色の三白眼。

ぞっとするほど狂気が宿る眼を見つめ返し、指を差す。

「そこ!!」

すぐ近くにいたルイが反応し、二方向から長剣が飛ぶ。

が、やはり狭い通路では自由な軌道を描けず。

剣撃が及ぶよりも早く〈誘宵(いざよい)〉は再び影へ潜んだ。

その間に俺は【月】の扉まで辿り着く。

こちらが錯乱していると思ったのか、ポワポワ天使はあわあわと俺を止めようとするが、

「失礼」

横をすり抜けると、俺は足を上げ――、

《分離》対象：【月】の扉、及び壁面。

ドアからドアノブは《分離》できない。

どちらも合わせてドアだからだ。

だが、ドアと壁は完全に別物だろう。

木製の扉についた蝶番から、ギリギリと異音が響いた。

瞬間、俺の足蹴が扉に触れ——天稟(ルクス)の連続発動。

《分離》対象：自身、及び【月】の扉。

破砕音とともに、身の丈の倍以上あるような大扉の片方が吹き飛んだ。

「……へ？」

隣のお姉さんが間の抜けた声を出した。

見た目は派手だが、実質的には緩んだ蝶番を全力で蹴とばしただけだ。

男の脚力なら普通に壊せるだろう。

……見た目は派手だが、うん。

問題は言い訳で、

「——全力で蹴ったら壊しちゃいました……！」

あまりにも疑わしい台詞に、普段からここを使っているであろう天使たちがポカーンとした。ちなみに子供達はキラキラした目で見てくれた。

無理はあるかもしれないが——そんなことに構っていられる状況でもない。

すぐに正気を取り戻した天翼の守護者(エクスシア)が子供達を誘導する。

「あ、ありがとうございますぅ……」

ポワポワお姉さんにおずおずと礼を言われる。

夕陽のせいか、ちょっと頬に赤みが差して見えた。

「あ、いえいえ。こちらこそ勝手な真似を……」

彼女に笑顔を向けた、その時。

残った扉の向こう側、伸びる影から〈誘宵〉が飛び出してきた。

狙いは――俺。

「お前、目立つなァ……？」

二本の腕を振りかぶり、

「――あなたは目障りですけどね……？」

高速で割り込んできた天使が鉄手甲で殴打し、小柄な身体を扉の向こうへと吹き飛ばした。

……………やっぱりキレてるぅ。

「お兄さん」

「はいっ！」

「勝手なことしないでください。……危ないですから、ね？」

ヒナタちゃんが確認を取るようにポワポワお姉さんを見ると、彼女もぶんぶんと頭を上下に振った。

瞬きもせずにそれを見ていたヒナタちゃんが、ふいと前へ向き直った。

そこは例の懺悔室がある広間。

イサナさんたちの回廊は別の場所に繋がっているようで、そこには誰もいなかった。

——吹き飛ばされた〈誘宵〉を除いて。

広間の真ん中に立っている彼女は、両刃を身体の前で交差させていた。

ああして鉄の打撃を防いだのを俺の瞳も捉えていたから驚きはしない。

「ううぅーん……うまくいかないなァ……」

女は首を傾げる。

「前の襲撃で負傷者が出た分、戦力は弱まっているって聞いてたんだけどなァ……でもそうかァ……あの〈剛鬼〉は私より目立ちたがりなカスだったけど強くはあったし、アレを倒した目立つガキがいるなら一括りに雑魚とも言えないのかァ……うざいなァ……」

がっがっと落ち着きなく床を蹴りながら、呟きを重ねる殺人鬼。

その異様な様子に、後ろにいる子供たちが怯えるような声が聞こえてきた。

この隙に天使たちが攻撃をしないのは、姿が見えている現状の方が影の中に潜られるよりマシだからか。

先ほどの睨み合いの間に小声で通信する天使がいたのを知っている。

監視カメラなどが機能しておらずとも、支部側も事態は把握しているはずだ。

そんなこちらの意図などお構いなしに、〈誘宵〉はゆっくりと俺を指さした。

ヒナタちゃんが素早く俺の前に立ち塞がる。

「お前、良いなぁ。顔が良くて、行動力があって、目立つもんなァ……？　それと、お前も」

やや指が下がる。今度差しているのはヒナタちゃんだ。

「でも」

警戒を深める俺たちから、女は不意に視線を切った。

それが向く先は、俺たちの背後。

「一番目立つのはお前だよなァ……」

そこにいるのは、雨剣ルイ。

「狡いよなァ……お前、人の目を惹くもんなァ……空も飛べて目立つし、影に潜るしかできない私と違っていいなァ……さっきも見てたぞ、指揮者とかさァ……目立ちすぎだろぉ？」

その勝手な物言いに、美貌に浮かぶ険が深まる。

「どうでもいいわ」

「――――」

美しき指揮者の一蹴に、〈誘宵(いざよい)〉が目を見開いた。

「……あァ、うん。お前は絶対に惨たらしく、磔にする。いまァ、決めた。目立つだろうなァ……！」

狂った笑みと共に、殺人鬼は影に沈み込んだ。

それを見た天使たちが口々に子供たちに呼びかける。

「みんなっ、真ん中に走って！」

英断だ。エレベーターも使えず、ここから逃れられぬ以上、なるべく中央で一塊になってやりすごすのが最善手だろう。

子供たちも必死でそれに従い一箇所に集まる。

俺もその端にいたのだが、くいくいと服の裾を引かれた。

ツクモかと思って下を見るが、違った。

「君は……」

あの三人組のガキんちょの内、おとなしそうな女の子の方が俺を見上げていた。

――蒼白になった顔で。

「いないの……。アリカがいないの……」

「アリカ……って、もう一人の女の子？」

問うと、彼女は恐る恐る頷く。

その後ろでは先生ことユウ少年も同じように縋るような表情でこちらを見ていた。

残る一人は――あの活発な感じの女の子か。

「どこにいったか、心当たりは？」

おとなしそうな少女は泣きそうな表情で言った。

「さっき大聖堂で喧嘩しちゃって……それで……っ」

あれか……っ。

俺の脳裏に、なぜか他人事とは思えない地獄絵図が浮かび上がる。

どうすべきかと考え込みそうになった俺の背後から、

「ワタシが大聖堂に行ってくるわ」

「っ⁉」

突然の声に驚く。声をかけてきた相手にも。

振り向けば、立っていたのは険しい表情のルイ。

「雨剣さん、何を……」

「アナタと話している時間はない。ワタシなら飛んで向こう側に行けるわ」

後半はユウ少年たちへ向けての言葉だった。

安心させるように微笑して、広間にあるバルコニーを見遣る。

それから近くで聞いていたヒナタちゃんと視線を交わして頷き合った。

「〈誘宵〉はわたしに任せて」

「ええ。よろしく、ヒナ」

周囲を警戒したまま、ふわりと浮かび上がる。

そして〈誘宵〉が影から飛び出した瞬間。

ルイは彼女には構わず、最高速でバルコニーの外へと飛び出していった。

それに目を引かれた〈誘宵〉に、

「あなたへの用事は終わってませんよ……?」

ヒナタちゃんが肉薄した。

今度は影には沈まず、加速の天使と正面から近接戦を演じる〈誘宵〉。
『わたゆめ』の一章ですら、ヒナタちゃんは殺人鬼と渡り合えた。
原作よりも彼女が成長している今、そう簡単に敗けることはないだろう。
――しかし、俺はどうにも嫌な予感が拭えずにいた。
いま、あの女が襲撃をかけてきた理由はなんだ？
そもそも、あの女はどうやって支部内まで来た……？
それが見えないのが不気味だった。
原作を知っている俺だけがそれに疑問を抱ける。
ならば、それは無視してはいけない違和感だ。
情報が足りない以上、全貌は掴めない。
だが違和感さえ抱ければ、それで充分なのかもしれない。
考えるべきは一つだ。
――不調のルイが今、不測の事態に独りで対応できるのか。
前回そのルイにボコボコにされている俺如きが何を疑っているのかと笑いそうになる。
それでも、どっちが強いとか弱いとか関係ない。
俺が推しを助けたいかどうかだけだ。
「は……っ！」
「チィ、カスが……ッ！」

繰り広げられていた近接戦に競り勝ったのはヒナタちゃんだった。

弾かれた〈誘宵（いざよい）〉が柱に着地し、その影に溶け込む。

周りの天使はヒナタちゃんの優勢を見てとって子供たちの護衛に専念していた。

最初はあんなに怖がっていた子供たちも、今では殆どがヒーローショーぐらいの感覚で戦いを見ていた。

この場の心配はせずともよいだろう。

バルコニーを見る。

その先には対岸の【月の塔】があった。

【天空回廊】はせいぜい五十メートル――俺なら届く。

「ツクモ」

「んむ？」

気付かぬうちに俺の横にいたツクモは、他の子供たちと同じキラキラした目で戦いの様子を見ていた。

でも「影に沈むのカッコいいな……」とか言うのはやめて欲しい。

「ちょっと俺も【月の塔】に行きたいんだよね」

「……ほう、それで？」

「あ～、うん。その……」

彼女は興味をそそられた表情で俺を見た。

その大きな瞳を見返して、尋ねる。

「なんか良いアイディアありませんかね？」

俺がこの戦場真っ只中な広間から抜け出す方法を。

半ば、というかほぼ確実にそんなものはないと諦めていた。

しかし持つべきものは天才発明家幹部な義妹であると断言しよう。

「あるぞ」

「そうだよなぁ、急に言われても流石に——あるのぉ⁉」

声が大きくなりすぎないように気遣う余裕はあったが、それでも仰天する。

対して、

「うむ。兄様がいなくなるのが問題なのだろう？　ならば居れば良い」

「？？？」

首を傾げる俺の前で、ツクモは例のバッグに手を突っ込んだ。

「う〜ん、これだな」

スッと引き抜かれた手に掴まれていたのは、関節がついた木の人形。

見た目、普通の人形だが……。

「緊急安全保障用・略式再現型模造人形〈デコイくん・柒式(ななしき)〉〜！」

てってれ〜！　という感じでツクモが言った。

「——いや、長っ」

「ふふん、カッコいいだろう？」

「……ウン」

いちいちツッコんでいる場合じゃないのでスルー。

「で、それは？」

「よくぞ聞いてくれた。これは起動者の姿を模倣して行動を再現してくれる人形だ！」

「は？　優秀すぎないか？」

「うむ。……だが決まった状況に対して決まった反応しかできないという難点があってな。柒式に は我の行動をプログラムしてあるので、要するに……」

ツクモはついっと俺から逸らす。

「…………我みたいな反応をする兄様ができあがる」

小学校高学年くらいの幼女の仕草をする、男子大学生……？

「え、キモくない？」

「きもい」

曇りなき眼で率直に言われた……。

いや、しかし四の五の言ってる場合じゃない……！

「お、俺はやるぞ……」

「まじか、兄様……。ならば我は止めん……」

生唾を飲み込んで、俺はデコイくんを手に取った。

その時、ヒナタは戦いの中で、自分の感覚が研ぎ澄まされていくのを感じ取っていた。

その原動力は、どう考えても怒り。

表面上は冷静さを取り戻しているように見えるが、ヒナタの激情は二度目の奇襲でイブキを狙われた時から一切衰えていない。

ぶつかり合った両者が弾かれたように距離を取った時。

「きゃああ!?」

背後から、子供達の悲鳴が上がった。

硬直するヒナタと〈誘宵（いざよい）〉。

「………あァ?」

〈誘宵（いざよい）〉はそちらに目をやると、怪訝そうに唸り声を上げた。

その視線が見据える先は、ヒナタの真後ろ。

警戒しつつ目を向けた先に——赤い紙吹雪が渦巻いていた。

「なに……?」

その竜巻が一斉に飛び去り、次の瞬間。

そこに立っていたのは、

「——え……?」

イブキ——違う、彼岸花の黒ローブを纏った男、〈乖離（カイリ）〉。

驚いたのは、そこから離れた所にイブキがいたからだ。

（お兄さんが二人——え、なにそれ、お得……？）

と思ったが、冷静に見ると通常ver.のイブキは……無垢な少年みたいに目をキラキラさせて〈乖離（カイリ）〉を見ている。

イブキ本人がそれを目にしてしまったら非常に気色悪がることだろう。

しかし——、

（えー！　なにそのお兄さん、きゃわ～～～！！！）

ヒナタは、とてもお気に召していた。

加速した脳内がそんなことになっているとは、この場の誰も思うまい。

混沌の中、〈乖離（カイリ）〉は、

「どうも、皆さん。急にやってきて悪いんだけど——」

全力で、バルコニーの方に走り出した。

そして叫ぶ。

「今だけ、見逃して！　あとで何でもするから！」

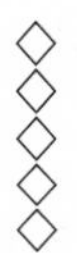

突如現れた【救世の契り（ネガ・メサイア）】の構成員。

そもそもどこから湧いて出たのかも不明な男をみすみす見逃す道理はない。

けれど天使たちは子供たちを守ることに手一杯、ヒナタは訳あって動けない。

ゆえに、最初に動いたのが殺人鬼だったのは必然であった。

「アイツから殺すかァ……」

日が沈むにつれて領域を増やしていく影に、その矮躯が沈もうとした瞬間。

〈誘宵〉に迫る脚撃。

上体を逸らしてそれを躱してから、彼女は顔を歪めた。

「なぜ邪魔をする」

問いかけた相手は、蹴り抜いた体勢で静止する、傍陽ヒナタ。

彼女は何でもないことのように言った。

「え、だって何でもするって」

「…………はァ?」

不可解で堪らないという表情をした〈誘宵〉を見て、ヒナタは咳払いをした。

「こほんっ、冗談です。——『逃げる敵と襲いくる敵、優先すべきは後者である』。養成学校で二番目に習う心構えなの」

「ふぅん、弱者から殺すべきだと思うけどねぇ」

「あなたみたいな危険人物と対峙するための教訓ってことかな」

〈誘宵〉が「きひっ」と忍び笑いをした。

「じゃあ、そろそろお遊びは終わりぃ。私も本気で殺しにいっていいのかなぁ？　――弱者から」

「あなたじゃ無理だよ。わたし達が守るから」

その台詞に合わせるように、その場を預かる天使達が一斉に警戒を強めた。

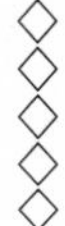

バルコニーの欄干を蹴って、《分離》を発動。

大空に跳び上がる。

が、流石に五十メートルも届くはずがない。

【月の塔】まで繋がる〝蜘蛛の糸〟の一本へと着地し、再び跳躍(ちょうやく)した。

「で、問題はどこから入るか、だけども……」

地上二五〇メートルを超えて伸びる尖塔を眺める。

ルイはどうやって入ったのだろうと一瞬考えて、やめた。

背後から聞こえた熾烈な戦闘音を耳にして、呑気にしていられないと気づいたからだ。

跳躍の勢いは、殺さない。

大聖堂の外壁へ向かって突撃する。

「ごめんよ、我が聖地！」

狙いは白亜の壁――ではなく、壮麗なステンドグラス。

交差した両手に存外軽い衝撃。同時に甲高くも乾いた高音が鳴り響いた。

虹色の欠片を弾けさせながら、大聖堂の宙を舞う。
眼下を見て、――いた。
ルイと、泣き腫らした目元の少女。
閉じ込められて泣いていた所を無事に保護したようだ。
大聖堂全体を見渡すが、敵や異常は見当たらない。
――否。
何事もなかったことによって、敵が現れたのだ。
俺という、【救世の契り】が。
「〈乖離〉……！」
ルイが歯を剥き、美貌に敵意を宿らせる。
即座に抜剣。
少女を背後に庇いながら、蒼銀の剣を俺へと嗾ける。
流石の判断力と対応力。
――だというのに。
肝心の攻撃が精彩を欠けば、全く意味がない。
《分離》対象：自身、及び長剣。
なんの捻りもなく真っ直ぐ飛んできたそれを蹴り返す。
続く二本目でも、天稟を発動する。

《分離》対象：自身、及び長剣。

対象は同じ。

しかし、エネルギーを消すのは剣ではなく俺自身だ。

剣身を下から蹴り上げることで、逆に自分が下へと墜落。

自由落下に任せるよりも遥かに速く着地した。

「くっ」

呆気なく俺に凌がれ、苦い表情をするルイ。

立ち上がった俺は、一直線に敷かれた赤絨毯（じゅうたん）の先に立つ彼女と向かい合う。

――今の短い攻防を経て、俺は確信した。

先程、敵も異常もない場所への突撃は失敗だと思った。

けれど今回に限ってはファインプレーと言っていい。

『雨剣ルイ』が、こんなに弱いわけがない。

原作に限った話じゃない。

俺と初めて戦った幹部奪還作戦の時と比べても、あの頃の雨剣ルイの方が明らかに強い。

百年祭（サタナリア）では俺がボッコボコにされていたことを思えば、あの後に何か……いや、それともあの時なのか？

そういえば、あの時のルイはやけにしつこく俺の真意を尋ねてきた。

それに対しての疑問を抱いた記憶もある。

……あの問答はひょっとすると、理由付けだったのかもしれない。
人殺しの、理由付けだ。
相手を殺すために、相手が悪人である必要があった。
一切の救いようがなく、殺すことこそ正しいと断言できるような悪人である必要が。
「――――っ」
もしその予想が正しいとすれば、なんと痛ましく……なんと、優しい努力だろうか。
敵意と共に俺を見上げる美しき天使を見下ろす。
彼女はきっと百年祭（サタナリア）の後でヒナタちゃんから聞いたはずだ。
あの時の俺の「ヒナタちゃんが危ない」という言葉が正しかったことを。
自分の判断が危うく、大切なパートナーを殺すかもしれなかったことを。
――またしても誰かの命を奪うところだったことを。
「雨剣ルイ」
気づいた時には声に出していた。
「君は、人を殺すのが怖いのか？」
その刹那、ルイの表情が目まぐるしく変化した。
俺の目が常人離れしていなくても分かるであろう。
それほどに分かりやすい百面相だった。
驚愕。羞恥。憤怒。絶望。呆然。悲哀。

最後、泣きそうに歪んだその表情を見た瞬間、俺の中で何かが切れた。

それは、一本だけ垂らされていた蜘蛛の糸だったのかもしれない。

腹の奥が内側から鷲掴みにされたようなこれを、怒りというのだろう。

——俺はッ！　何をやってるんだッ!!

怖いのか、と問いかけたことではない。

全てに対してだ。

推しに泣くほど辛い思いをさせたことにも。

推しとかそういうの全部捨て去って、十五歳の少女の笑顔を奪ったことにも。

相反するようで、どちらも同じことだ。

雨剣ルイという少女を、俺が泣かせたのだ。

——ああ、だというならば。

「……はは」

この狂おしいほどの怒りでもって、君に償いをしよう。

「ははははははッ！」

祭壇の前に立って、俺は哄笑する。

ルイの美貌に再び激情が戻った。

「な、なにが可笑しい!?」

「可笑しいに決まっているだろう。——君の、間抜けな有り様は」

「………っ!?」
俺の敵意に満ちた台詞に、少女は言葉を失う。
悪いね、雨剣ルイ。
俺はさっき、この場所で「君にとっての頼りになる存在になろう」などと考えていた。
そうしなければ俺の言葉は君に届かないから、と。
それは、嘘だ。
もう一つだけ、言葉を届かせる存在がいる。
かつて、クシナは言った。
『イブキくんは、なにがしたいの？』
その言葉が俺の在り方を浮き彫りにしてくれたのは間違いない。
しかし、あの百年祭（サタナリア）の時、もう一人同じセリフを言った人物がいる。
『アナタは、なにがしたいの？』
そう、君も言ったんだ。
〝絶対的な敵〟であった君の言葉が、俺の眼を醒まさせた。
頼りになる存在（クシナ）だけじゃない。
だから、そう。
「人の命なんてゴミ以下のものを気にかけて、大切なものを失いかける」
――推しの敵になったので。

「実に愚かじゃないか——君と、ヒナタは」

俺が、君の眼を醒まさせる。

「お、まええええええええええッッッ!!」

歯を剥くルイに、俺は微かな笑いを浮かべる。

「……それでいい」

さあ、俺を殺しに来い、雨剣ルイ。

君に、とびきりの『殺意』を贈ろう——。

第六幕　反響

珈琲の香り漂う、落ち着いた雰囲気の喫茶店【Café・Manhattan（マンハッタン）】。

一見して都市部にあるお洒落なカフェにしか見えないそこは、その実【救世の契り（ネガ・メサイア）】の集い場としての役割を担っている場所でもあった。

休日にしては珍しく客足の少ない店内で、店主の馬喰（ばくろ）ユイカはカウンター席に座る人物へと注文の品を出す。

蜂蜜をたっぷりと溶かし込んだ、甘いカフェラテである。

それを一口含み、頬を緩めるお客に向かって、ユイカは言った。

「随分と落ち着いてい（慌ててぃる）るんだね～」

それを聞いて、客人――櫛引（くしびき）クシナはソーサーにカップを置く。

「何か、慌てる必要があるかしら？」

クシナが首を傾げると、頬の横で切り揃えられた滑らかな黒髪がさらりと揺れた。

ユイカはその問いには答えず、外を指差す。

目だけでそれを追えば、ビルの谷間から覗く白亜の城が見えた。

「ああ、見学会。……心配してないと言ったら嘘になるわね。なにせイブキとツクモのペアだから」

「そうかな～（そうだよね～）」

合点がいったと頷くクシナに、同意して頷きを返すユイカ。

「しかも～、それだけじゃない（で終わり）でしょ～？　何か不測の事態とか起きるかもしれない（起きない）し～」

「…………」

クシナは少し考えてから、言葉をこぼす。

「――イブキって変な奴なのよ、昔から」

「『彼のことなら昔から知ってるのよ』アピール～？」

「ユイカさん？」

にっこりと笑って圧をかけると、ユイカはにっこりと笑い返して誤魔化した。

クシナはこほん、と咳払いする。

脳裏には、【救世の契り（ネガ・メサイア）】所属後の初任務が近づいてきた頃のイブキの姿が浮かんでいた。

すなわち、ヒナタと戦って陽動を果たした日より数日前の様子だ。

あの時のイブキも、何度も戦場周辺に赴いては作戦を考えていた。

プランEだとかFだとか呟いていたのをよく覚えている。

「ごちゃごちゃ考えを巡らせてるくせに、びっくりするくらい大胆でもあるの」

まあ、その大胆さが裏目に出ることも茶飯事なんだけど。

そう話すクシナの口角は緩く弧を描いていた。

「性格と才能が合ってないっていうのかしら。色々考えてなきゃ気が済まない性分なのに、余計な考えを持ってない方が強いのよ」

だからね、と続ける。

「今回は潜入場所が天秤（リーブラ）の支部ってことでロクに作戦も立てられてないでしょ？　そんな時に不測の何かが起きたとしたら――」

微笑みは、いつの間にか不敵な笑みに変わっていた。

「そういう時のイブキは、とっても強いわよ」

今回の俺の勝利条件は二つだ。

一つは、雨剣ルイの全力を引き出すこと。

迷いに囚われたままのルイじゃ、このさき必ず取り返しのつかない事態に陥るだろう。

俺の蒔（ま）いた種なのだ。

彼女に絡みつく荊棘（イバラ）は、俺が刈り取らねばならない。

何も憂うことなく、何にも縛られることなく。

ただ自由にあるがままの彼女を引き出す。

それが一つ目。

二つ目は――それが完遂されてからだ。

「殺す――ッ!!」

吠える指揮者が右腕を薙いだ。
四本の剣が飛来し、その中央をルイが滑るように迫り来る。
初撃、次撃は《分離》を使った跳躍で回避。
宙に投げ出された俺を見て好機と踏んだか。
ルイは残る二振りの長剣と共に飛びかかってきた。
だが——実のところ、空中戦が得意なのは君だけじゃない。
重力を無視できる俺にとっても、ここは自由な舞台なんだ。
左右から肉薄する長剣のうち、右前のものを蹴る。
接触と同時に《分離》。
吹き飛んだ長剣が、左前方から俺を狙う剣にぶつかる。
《分離》対象：長剣、及び長剣。
二つの銀閃は呆気なく墜落していく。
それには見向きもせずに。
俺との距離を縮めていたルイが蹴りを放ってきた。
脚撃が俺に触れた瞬間、俺の慣性を消して吹き飛ばされる。
「………っ!?」
手応えが皆無であったことに驚くルイ。
彼女から視線を切って、宙で身を捻った俺は聖堂の内壁に着地。

《分離》を使い衝撃を無くすと同時に、上方へと壁を蹴る。

一気に天井付近まで跳び上がった俺は、梁(はり)の上に立った。

天翔ける指揮者を睥睨し、言う。

「殺す殺すと、できもしない癖に口だけは達者なんだね」

「あっははは、自分を殺せないと分かってる天翼の守護者(エクスシア)なんて、微塵も怖くないよね」

「――――」

「くっ、うぅ……っ！」

ルイの表情が歪み、俺の心も軋む。

自分の推しに暴言を吐かなきゃならないなんて、オタクにとって拷問に等しい。

――だけど、それがなんだというのか。

今まで推し(ルイ)が苦しんできた分を考えれば安い痛みだ。

「お前はっ、絶対に殺――」

「『殺す』とか『死ね』とか言うのも自己暗示だろう」

「な、ぁ……」

初めて戦った時にも思ったが、雨剣ルイはかなり物騒な言葉を使う。

『雨剣ルイ』はクールではあったが、物騒ではなかった。

ヒナタちゃんへの想いの強さと、それゆえの俺への敵意もあるだろう。

それを差し引いても疑問に思っていた。

だが「絶対的な悪人でないと殺せない」というのであれば、自ずと予想も付く。

図星を突かれたような反応をする彼女を見れば、それは確信に変わった。

「殺意を抱くのが怖くて堪らないんだ？」

「だまれ……」

「ああ、ひょっとしてヒナタの入れ知恵かな？」

「黙れ……っ」

フード越しでも俺の顔が見えている彼女に、嘲笑を向ける。

「『そう言って自分を奮い立たせて殺すんだよ、ルイちゃん』って」

「――だまれえええええええッッッ！！！」

絶叫とともに、彼女が両腕を振るった。

ルイの元へ舞い戻った長剣が一斉に鋒を俺に向ける。

――そうだ。君は指揮者。両手を振るえ。

先程とは異なり彼女は地上付近で低空飛行したまま。

四つの銀剣のみが閃いた。

それらを弾き、逸らし、避け、宙で踊るようにして捌く。

「――――っ」

蹴飛ばそうとした長剣が、一瞬、宙で速度を落とす。

咄嗟に蹴りを遅らせて対処するが、体勢が崩れた。

瞬間、横合いから真っ直ぐ突き進んできていた一振りが回転する。

『突く』のではなく『斬る』という剣本来の使い方。

側面から剣身に触れることで、かろうじて無効化する。

——連続で《分離》、自分の慣性を無くす。

剣身を押し、けれど動くのは俺の方だ。

手荒な緊急回避を使って下降。

聖堂内で最も豪壮華麗なステンドグラスをバックに、十字架の上に着地した。

俺とルイの視線が、同じ高さでかち合う。

「…………」

先程までより、ずっと柔軟な、かつ変則的な天稟(ルクス)の扱い。

制圧のための駆け引きが、命を奪うための狩りへと変わってきたのだ。

——けれど、まだ足りない。

まだ俺は、死を感じていない。

なら、俺の知ってる『雨剣ルイ』はもっと強い。

俺のためにも彼女のためにも本当に殺されてやるわけにはいかないが、せめて彼女本来の容赦無さまでは取り戻してもらわなければ。

——推しに自分を殺させようと言うんだから、俺も覚悟を決めなきゃな。

ルイと睨み合い、口を開く。

「そういえば以前、君は『ヒナタに何をするつもりか』と訊いてきたね」

「…………それが？」

ロクな言葉が出てくるわけがないと直感しているのだろう。

ルイは表情の険を深めた。

その予想は違わない。

「君の言った通りさ。ヒナタは天才だからね。手籠めにしておけば、とても便利な駒になるだろう？」

「────」

それは今までとは質の異なる変化だった。

無。

気を抜けば目が惹きつけられそうになる美貌が、無の表情を浮かべる。

背筋が震えるほどに、清冽な美しさが増した。

「…………」

ルイは何も言わなかった。

口を引き結んだまま。

三度、長剣が翻った。

その全てが車輪のように回転し、風を切り裂きながら迫り来る。

「────」

輪転しているため、それぞれの動きが大きい。
一点を見つめていたのでは間違いなく対処しきれない。
視界全体に集中——焦点を散らす。
ゆっくりと、確実に距離を詰めてくる凶器。
優先順位は——右下、左上、右上。
確認して、一振りだけに焦点を絞る。
まず、右下。
これは単純、足場を蹴ることで跳んで躱す。
当然、予測されており、左上からの長剣が来る。
俺はそれに——全力で腕を伸ばした。
輪転は『刺突』よりも『斬撃』に向いている。
同時に、柄がこちらに向くタイミングがある、ということでもある。
その瞬間に合わせるために腕を伸ばし、《分離》。
俺の裏拳が五十キロ超えの長剣を弾き返す。
無理な体勢になったところで、右上から迫る一振り。
——そこで、四本目を右手に持ったルイが、こちらに滑空してきているのが見えた。
彼女が、何も手にしていない左腕を振るう。
視界の端。

こちらに飛んでくる四つ目の物体が映る。
それは——燭台。
聖堂の柱に取り付けられた金属製のそれは、充分に凶器たりうるものだ。
「——ッ」
俺は即座に右上からの一振りへの対応を変えた。
剣の輪転に合わせるようにして身を捻り——柄を掴む。
——《分離》対象：自身、及び長剣。
剣の勢いどころか重量まで消え、俺は捻りに任せて一回転。
飛来した燭台を長剣で打ち払った。
——そして、目の前までルイが迫っている。
剣を振り抜いた体勢の俺に対して、彼女は振りかぶった体勢でいた。
——死ぬ。
俺はほぼ無意識のうちに手にした長剣を《分離》していた。
下へと自身を押し出しつつ、身を逸らす。
鼻先スレスレで、長剣が通り抜けた。
——あっぶな……っ。
直後。
「——っ⁉」

俺の身体が、宙に縫い止められたように停止した。
なぜ、という疑問はすぐに氷解する。
――ルイが《念動力》で、俺のローブを止めたのだ。
「くっ……！」
咄嗟に袖と、袖から覗く手を見て――《分離》。
ローブの念動を解除する。
拘束から逃れたと思った瞬間――腹部に衝撃が走った。
「ぐっ、はっ……!?」
白革のロングブーツ。
ルイの蹴り下ろしが、俺を捉えていた。
一瞬、冷たい業火のような眼光の美しき狩人と視線が交わる。
「――」
為す術(すべ)なく、紙切れのように吹き飛ばされる。
――前にも聞いた甲高い破砕音。
十字架の背後のステンドグラスをぶち抜いて。
俺の身体は二五〇メートルの上空へと放り出されていた。

流石にマズい、という焦燥が駆け巡った。

天も地も、白亜の巨城も、夕陽がオレンジ色に染め上げる世界。

この地上二五〇メートルの高さから真っ逆さまというのは、着地以前に意識を失う気がする。

――そんな状況でも、俺の視界と思考は不思議とクリアなままだった。

おかげで、落下の危機から脱する術に辿り着く。

ぶち破ったステンドグラス。

その虹色の破片が俺の周りに舞っている。

その一つが、俺の横にあった。

それを、殴りつける。

長剣を押して自分を飛ばしたのと同じだ。

慣性のすべてが無効化されているというなら、ガラス片ひとつよりも今の俺は軽いことになる。

絵面的にありえないから想像したこともなかったが、理論上は可能。

果たして、それは俺の想像通りに成された。

俺は真横に吹き飛び、その先には――【天空回廊】がある。

蜘蛛の巣のように立体交差するその道の上に転がり落ちた。

回廊の天井部に膝をついた途端、

「げは……っ」

一気に腹部の痛みが襲ってきて、思わず片手で押さえる。

思い出すのは、あの凄絶なまでに冷たく美しい眼差し。
無駄口を叩くことなく、ただ冷徹に戦場を操る指揮者。
——あれは完全に、殺しにきてたな。
どう考えてもそんな場合じゃないが、口角が上がる。
「何を笑っているのかしら。気でも触れた？」
割れたステンドグラスから俺を追ってきた指揮者が言った。
俺は地にあって、彼女は天にある。
先ほどまでとは真逆。
そして、本来の在り方だ。
——おかえり。
第一の勝利条件：雨剣ルイの再起、達成。
そして——第二の勝利条件。
覚醒した雨剣ルイに、圧倒的に勝利すること。
待っていてくれるクシナのためにも。
慕ってくれるヒナタちゃんのためにも。
殺しにくるルイのためにも。

そして、俺自身のためにも。

俺がここで死ぬわけにはいかない。

ルイが全力で殺しにくるようになったことで、俺は今までのように中途半端に逃げ延びることができなくなった。

要は、俺がここから生きて帰るには彼女に勝利することが必要不可欠。

――推しの敵でありながら推しを最前列で見るためには、自分が彼女たちより強くなければならないのだ。

こちらの雰囲気が変わったのを見てとったルイが目を細めた。

警戒しているのだろう。

その隙に、自分の切れる手札を確認する。

まず考えるべきは代償（アンブラ）だ。

感覚的には、『接触』衝動は臨界点まで半分くらい。

意外と余裕があるな、と自然に考えてしまってから、内心で苦笑いする。

元々、自分の体重を《分離》した程度なら大した代償（アンブラ）にはならないのだ。

たかが一、二発ではっきり知覚できるほどメーターが溜まっていくヒナタちゃんや〈剛鬼（ゴウキ）〉が異常なのである。

俺の代償（アンブラ）で厄介なのは容量ではなく支払い方法。

人に触れた時点で発動する、というのが最大の使いづらい点である。

あとは臨界点間近の催促されている感じと、支払い中の思考力低下くらいか。

……結構あるじゃねーか、この天稟（ルクス）マジで使い勝手悪いな（n回目）。

使い勝手はともかく。

天稟（ルクス）には、相性がある。

この世界では、水が上から下に流れるのと同じくらい自明の理だ。

何も特別な話ではない。

火を操る天稟（ルクス）には水を操る天稟（ルクス）の方が有利、というようなものである。

……まあ、あくまでも属性で例えてみただけで、実際にはそうとは限らないのだが。

ともあれ、それを加味してみると、意外にも俺はルイと相性が良い。

彼女は物理攻撃しかしてこないからだ。

根性次第で物理攻撃の大半を無効化できる俺にとっては相性が良いのである。

彼女が《火炎操作》などの天稟（ルクス）だった場合、俺はとっくに死んでいる。

〈剛鬼（ゴウキ）〉のようにエネルギーの大きすぎる攻撃もできないあたり、代償（アンブラ）の面から見てもルイとの相性は良いと言えるだろう。

だが、ここまでの好相性を差し引いても。

ルイは単純に天稟（ルクス）の性能で俺の上をいっている。

というか、そもそも俺には攻撃手段がない。

俺が彼女に勝つのはほぼ不可能——そのはずだった、先ほどまでは。

「まったく……本当に頭が上がらないな、妹様には」

俺は口の端を上げて、立ち上がった。

そして——両腕に嵌めた腕輪を起動する。

◇◇◇◇◇

『兄様、変身するんだろう⁉　変身っ！』

俺に緊急安全……なんだっけ……まあいいや、〈デコイくん・柒式(ななしき)〉を渡した後のこと。

ツクモは妙に鼻息荒くこちらを見上げた。

『ならば、その腕輪(ブレスレット)を使うがよい！　身を隠しつつ〈乖離(カイリ)〉になれるぞ！』

彼女が熱心に見つめるのは俺の両腕に嵌められた銀の腕輪(ブレスレット)。

なお、両腕なのはツクモが追加で押し付けてきたからだ。

『身を隠せるって……そんなに沢山の紙吹雪いれたの？』

『うむ』

『どのくらい？』

『知らん。いっぱい入れた。どこまで入るかなって』

『結果は？』

『途中で飽きた』

『ばかなの？』

『あと途中で小さく切るのめんどくさくなって雑に切って詰めた』

『スマホくらいあるよ？？？』

一枚だけ出してみて手の上に乗っけてみる。

これはもはや紙吹雪ではなくお札（ふだ）である。

『さあ、やるのだ、兄様……！』

『ええー、いいけど……』

しぶしぶ頷いて起動した瞬間、腕輪（ブレスレット）から緋色の吹雪が身を包んだ。

――外套（ローブ）の袖から零（こぼ）れ落ちた緋色の吹雪が、ビル風によって巻き上がる。

橙色に染まる白亜の城よりも尚、赤（あか）く、朱（あか）く、紅（あか）く、渦は周囲に広がっていく。

――それはまるで、彼岸に咲く華のように。

その中心で、俺はルイを見上げた。

彼女は緋色の正体が紙だと見極め、怪訝そうな表情をしている。

派手な演出にしか見えないだろう？

殺意と冷酷さを兼ね備えた狩人には、その無駄の意味が分かるまい。

ふっと笑みが溢れた。

自分で『殺意』をプレゼントしておいて悪いが――、

「君に『俺を殺さない言い訳』をあげよう」
君はもう、俺には勝てない。
「俺の方が、君より強い」
彼女は応えなかった。
その代わりに、四の銀剣が射ち出される。
俺に迫るそれが、緋色の紙吹雪――その一枚に触れた。
《分離》対象：長剣、及び朱紙。
四振りの長剣は、推力を失った。
「な……っ⁉」
目を瞠るルイ。
《念動力》の支配から外れ落下するそれを、彼女は慌てて再支配する。
けれど、もう遅い。
ひとたび渦に取り込まれれば、朱紙に触れずに脱出することはほぼ不可能。
《念動力》で落下を食い止めたルイだったが、動きを止めた長剣に再び紙が触れ――《分離》。
再びの落下が始まった。
《念動力》と《分離》が交互に行使され、ゆっくりと銀剣は高度を落としていく。
――そう。
物理主導権の奪い合い。

それが、俺とルイの戦闘の本質である。

「～～～っ！　くぅ……っ!!」

ずるずる、と。

まるで蜘蛛の巣に囚われた蝶のごとく、引きずり落とされていく。

ここまで来て、ルイは察したはずだ。

——自分が蜘蛛の狩場にいることに。

狩人と獲物は、既に逆転している。

——まんまと嵌められた……ッ！

雨剣ルイはギリッと音が鳴るほどに歯を噛み締めた。

ここは【天空回廊】。

【月】と【星】、二本の尖塔の狭間。

すなわち、ビル風は逆巻くように吹き上がる。

蜘蛛の巣の中心にいる〈乖離(カイリ)〉を核として、今もなお緋色の紙吹雪は拡大していた。

——このままでは自分まで取り込まれる。

その結論に辿り着いてからの、ルイの決断は早かった。

——四本の剣の救出を諦める。

それができるほどに、ルイは〈乖離（カイリ）〉の天稟（ルクス）の全容をほとんど掴んでいた。

元々、二度の攻防から『触れたものの推力を奪う』天稟（ルクス）であることには気づいていたのだ。

今回はそれに加えて、フードの認識阻害がなくなり、彼の顔がルイにも視えている。

つまり、『長剣を目で追っている』のが視えていた。

それが意味するところは、天稟（ルクス）の発動条件に『視認』があるということ。

ゆえに聖堂内では彼の意識を分散させ、渾身の踵落としを見舞ってやったのである。

その調子で叩き潰そうとして——逆に狩場に誘いこまれた。

なまじ〈乖離（カイリ）〉の能力が分かっているからこそ、この時点でルイは無傷での勝利を諦めざるを得なかった。

朱紙は風によって不規則に渦巻く。

ひとひらの紙片にも触れずに、渦から剣を手繰り寄せるのは不可能に近い。

四本もの長剣をそれほど精密に動かせるだけの練度が今のルイにはなかった。

——四本なら、の話であるが。

「舐めるな……っ！」

ルイは自身の武器のうち、半数を手放すことを選ぶ。

すなわち、残りの二本の制御にのみ注力するということ。

二本だけであれば、あの緋色の渦から引き戻せる。

それを可能とするだけの修練は血反吐を吐きながらこなしてきた。

針の穴を縫うような精密操作で緋色の吹雪を超え、物理主導権を取り戻す。

そして——、

「——」

巣の中央に座していた蜘蛛の姿が消えていることに気づく。

「いつも下ばかり見ているだろう」

「——ぁ」

「たまには上も見てみるといいよ」

頭上。

十メートルと離れていない場所に〈乖離（カイリ）〉がいた。

——どうやって。

その答えは目の前で実演された。

〈乖離（カイリ）〉がくるりと一回転。

その袖口から、紙吹雪が撒かれた。

紙切れの一枚が足場になどなろうはずがない。

しかし〈乖離（カイリ）〉はそれを蹴った。

——まずい……っ。

結果を見るより前にルイは直感する。

ゆえに全力で降下した。

「さすが。勘が良い」

一瞬前までルイがいた場所で、〈乖離〉の手が空を切る。

回避した、と安堵する間もなく、

「でも残念」

袖口から撒かれた朱紙のひとひらが――ルイの髪に触れた。

ふっ、と自分の身体が沈み込む。

否――墜ちている。

「くっ……⁉」

――《念動力》の推力を消された⁉

即座に制御を取り戻す。

しかし、一度味わった浮遊感はルイに危機感を覚えさせるには充分だった。

――天空は、もはや自分の領域ではない。

「………ッ！」

転瞬、ルイは全力で〈乖離〉との距離を開きにかかった。

しかし、相手もほぼ等速で距離を詰めてくる。

一向に引き離すことができないことにルイは歯噛みした。

――けれど……！

目的の場所には、先に辿り着くことができた。

そこは【星の塔】の上にあるヘリポート。

ルイが逃げるように向かう先には、一機のヘリコプターがある。

この戦いは物理主導権の奪い合いだった。

同時に、自分に有利な戦場の選び合いでもある。

ルイは滑り込むようにして、機体の裏に回り込んだ。

転身して〈乖離(カイリ)〉を待ち伏せる。

――さあ、来なさい……！

鉄の壁の向こうから姿を現した瞬間に串刺しにする。

〈乖離(カイリ)〉の天稟(ルクス)に『視認』という条件がある以上、完璧に同じタイミングで見舞われる二本の剣は捌けない。

コンマ一秒のズレもなくそれを行うのは至難の技だが、剣を二本のみに絞ったルイならばそれができる。

左か、右か、それとも上か。

――その予想は、裏切られた。

機体そのものが、こちらに吹き飛ばされることによって。

「――――ッ⁉」

咄嗟に飛び上がり、かろうじて鉄塊を回避する。

刹那、視界に影が落ちた。

――上。

けれど。

――その手は、さっき見た……ッ！

同じ手は食わない。

目を向けるよりも疾く、完璧に同じタイミングで腕を振るう。

二本の銀閃が、影を貫いた。

確信と共に視線を上げて、

「――――」

交差した腕の向こう。

【救世の契り（ネガ・メサイア）】の外套――その抜け殻を、長剣が穿っていた。

「あ……」

それを認めた瞬間。

ルイの胸に生まれたのは、謝意。

――ごめんなさい、ヒナ。

い、い、い、自分を守る武器は、一つ残らず奪われてしまった。

――ワタシ、敗けちゃった……。

下から跳躍してきた影を、諦めと共に見下ろし――、

「……………は？」

ふわりと抱き締められる。
その意味も分からずに――――美しき天使は地に堕ちた。

このご時世、男慣れしている女なんて一握りしかいない。

稀にいる夫婦仲が良好な家庭の子か、兄弟がいる子くらいだろう。

両親の仲が良いだけでなく、身近に年上の異性がいたヒナタは一般的にはかなり男慣れしている括りだ。

翻って自分といえば夫婦仲とか無いし、なんだったら母親とすら関係最悪だし、身近に異性がいるどころかロクに会話したことも数えられるほど。

無論、身体的接触なんてものは人生で一度もない。

いや、「なかった」と言うべきか。

――あの忌々しい懺悔室での一幕まで。

あれはもう、墓場まで持っていくしかない恥である。

だからそう、

「……………………は？」

〈乖離(カイリ)〉に抱きつかれた直後。

思考に一瞬の空白が生まれたのは、無理もない。

「――――」

ルイが再起動したのは、自身の身体が落ち始めてからのこと。

《念動力》は「自重以下の物を動かす」天稟（ルクス）だ。

成人男性の体重まで上乗せされては、必然、堕ちるより他にない。

「こ、の……っ！　離れろ……っ！」

自分を抱きしめる腕を外そうとジタバタもがく。

――っ、意外と力、つよい……っ！

こんなヘラヘラしたクズ男一人剥（は）がせない自分に苛立ちながら、ヘリポートの地面が迫りくる恐怖に目を瞑る。

しかし――、

「…………っ？」

優しく横たえられたような、ふわりとした感覚と共に、背中に離着陸場の冷たい感覚が伝わってくる。

同時、頬にぽたりと生暖かい水滴が落ちてきた。

恐る恐る瞼を上げて――目を瞠る。

端正な美貌が、目の前にあった。

「フーッ、ぅぅう……っ」

唇の端を血が出るほどに噛み締め、苦悶の表情を浮かべた、美貌が。

◇◇◇◇◇

代償（アンブラ）の最中には天稟（ルクス）が使えない。

――そんなルールは、ない。

即成展開型（後払い）は発動時に思考力が低下するだけである。

確かに不意打ちで発動してしまった場合、衝動の濁流に容易く呑み込まれてしまう。

けれど、来ると分かっているものに全力で争えば思考力を保つのは可能だ。

しかし、濁流の勢いが強ければ強いほど耐え難い苦しみになるのは間違いなかった。

(根性出せェッ！　指宿イブキッッッ!!)

口の端から血が滴り落ちるのも気にせず、代償（アンブラ）の『接触』衝動に全力で抗う。

自分から掴み掛かりにいった今回だからこそできる荒技だ。

下に敷かれたルイが、驚いた様子でこちらを見上げていた。

その隙に、彼女の華奢な両手首を地面に押さえつける。

「あ……っ⁉」

ハッとして睨みつけてくるルイ。

視界に操れる武器は無く、両手の自由まで奪われた彼女には為す術がない。

柵（しがらみ）も武器も、全てを失くした今だからこそ、彼女の胸に言葉を届かせることができる。

まずは――こちらの言葉に耳を傾かせる。

「さっき言ったのは、全部嘘だッ！」

口にした瞬間、ルイの抵抗が止まった。

「…………はあ？」

疑念や呆れですらない。

こちらの言葉が妄言であると確信している。

その上で、コイツが妄言を吐く狙いは一体どこにあるのだろうという探る眼差しだった。

——当たり前だ。

自分が今からしようとしているのは、鳥籠から飛び立った小鳥を再び捕らえた上で「傷付けないから俺の傍を飛んでくれ」と説得するようなものなのだから。

無謀は承知。

けれど、可能性はゼロじゃない。

なら、やるしかない。

信じてなかろうが、こちらの言葉に耳を傾けたというなら重畳。

これからその不信を解くまでだ。

「考えてみてくれ。俺が君を挑発しても意味なんてないだろう？　怒らせたところで、君に全力で殺されるだけだ」

ルイは、フッと嘲笑を浮かべた。

「結果論ね。そんな言葉で惑わされるとでも？　ワタシの平常心を乱そうとしただけでしょうに」

言葉尻に合わせて、蹴り上げようとしてきた。

慌てて、馬乗りになって押さえつける。

「ちょっ、あぶなっ！　話を聞けって！」

「黙れッ！」

どうにか拘束を解こうと暴れるルイ。

落ち着けと言って落ち着く相手じゃない。

一刻も早く説得するしかなかった。

「だったら！　今こうして君を抑えている理由がないだろう⁉　とっとと始末すればいいだけだ！」

「それは……っ」

一瞬、言葉に詰まったのを見逃さない。

相手に何かを言わせる前に、矢継ぎ早に言葉を重ねる。

「命懸けて君を倒して、その上で説得なんてする意味がない！」

「…………」

動きを止めたルイ。

ゆっくりと口を開いた彼女は落ち着いた声音で言った。

「……あるわ」

そこに浮かぶのは、侮蔑の表情だ。

「お前が言ったんじゃない。都合の良い駒を作ろうとしているだけだって」

「――っ」

今度はこちらが言葉に詰まる。

自分の言葉に首を絞められ、苦し紛れに繰り返す。

「だからそれは嘘で……っ！　駒にしようとしてる相手にそんなこと教える馬鹿はいないだろう⁉」

「さあ？　より深い信用を得られるんじゃないかしら？」

相変わらず嘲笑で美貌を彩るルイが冷静にそう言った後、

「――ヒナにそうしたようにねッ‼」

憤激と共に、歯を剥いた。

「……っ」

これではいくら繰り返しても無駄だ。

（ルイの中で、ヒナタちゃんの存在がでかすぎる……っ）

結局ルイがこちらの説得を受け付けないのは、イブキがヒナタを利用したという前提があるが故だ。

その前提が崩れない以上、彼女への説得は不可能。

（俺がヒナタちゃんを利用するなんて、そんな風に思われない何かが……――あ）

それは、この状況にあっては荒唐無稽（こうとうむけい）にすぎる思いつきだった。

正気の人間なら天地がひっくり返っても、やろうとは思わないだろう。

けれど、代償（アンブラ）への抵抗（レジスト）真っ只中の、正気じゃない男にとっては別だった。

だから、思いついたままに叫んだ。

「俺はァ!!　ヒナタちゃんが大好きだぁぁぁああああああ――――ッッ!!」

二人きりの屋上に、木霊する絶叫。

「………………………………は？」

今度こそ、ルイから一切の抵抗が消え失せる。

彼女は完全に呆気に取られていた。

それが徐々に嫌悪に染められていき……、

「そんな出まかせで――」

「出まかせじゃない！」

拒絶の言葉を遮って、畳み掛ける。

「まず！　心根が尊すぎるっ！」

こちらの大音声（だいおんじょう）に、ルイが目を丸くした。

「いつも明るくて朗らかで誰に対しても笑顔でコロコロ変わる表情から推し量れる天真爛漫さなんかまるで春のあったかい陽の光みたいだし何よりめっっっちゃ優しくてマジで天使っっ！！！」

「……………っ、～～～～っ！」

眼下でルイが何か言いたくて堪らないという顔をした。

「でも戦うとなると責任感に溢れてて相手への敬意を捨てないしどんなに辛くても諦めずに顔を上

げて前を向き続ける直向きさがめちゃくちゃ尊くてカッコいいっっ！！！」

「そっ、それ……っ！」

うずうずして、声を上げたように見える。

「それでいて！　たまーに出る天然な感じが超良い！」

「わっ、分かる……っ！」

言ってしまってから、まるで自分に言い聞かせるように、ぶんぶんと首を横に振る。

「そっ、そんなので誤魔化せ――」

「このまえ近所の猫に『にゃーにゃー』話しかけてた」

「かわいい……っっ！」

思わずといったように声を上げてしまい、そのあと彼女はハッとした。

愕然とした表情のルイに向かって自信満々のドヤ顔をくれてやる。

「い、いえっ、……う、嘘でしょう……？」

「嘘や冗談で、ここまでヒナタちゃんの魅力を並べ立てられるとでも？」

天上天下ヒナタ独尊を地で行く絶世の美少女は、至極真剣な顔つきで長考したあと、言った。

「ありえない、わね」

志を同じくするからこそ、分かってしまったというべきか。

「上辺だけでこのワタシと同レベルのヒナ愛を持つのは不可能だわ……」

抵抗は、すっかり止んでいた。

自分でも半ば信じられない心地で自分が押さえつけるルイを見る。

それからしばらく、噛み締めるような沈黙が続いた。

やがて、切れ長の目が真っ直ぐにこちらを捉える。

「じゃあ、結局何であんな、言いたくもないヒナの悪口を言ったのよ」

それを真正面から見返して、

「君が、殺意を抱けなくなっていたから」

「殺意……？」

予想外の返答に、首を傾げるルイ。

頷いて、

「そのままじゃ、いざという時に判断が鈍るでしょ？」

「……っ、アナタになんの関係が……っ」

痛いところを突かれたとばかりに顔を顰（しか）めながら、尋ねてくる。

事の発端が俺にあるということと、君が推しだからなんだが……。

馬鹿正直にルイのためと言うよりは、ヒナタのためと言った方が信じてもらいやすいだろう。

それも嘘ではないのだから構うまい。

「君はヒナタちゃんのペアだろう？　あの子を推（し）しっかり守ってもらわなきゃ困るからね」

これ以上ないくらいの自信を持って、笑ってみせた。

「………」

今度こそ、ルイは完全に沈黙した。

何度も何度も、何か言いたそうに顔を歪めては首を振る。

それから――彼女は、大きなため息をついた。

「筋金入りね」

そして、諦めたように目を瞑る。

「さてはアナタ、千年に一度の馬鹿でしょう？」

「なら、あと一人くらいはいるね」

「……ワタシじゃないわよ」

「どうかな？」

「ちょっと」

ルイはイブキを睨みつけた。

――よく分からない。あったはずの怒りと、それ以上の呆れと困惑を処理しきれない。

そんな中で、ルイはふと思う。

――こいつ、ヒナの見た目について何も言わなかったわね。

ヒナタは親友の贔屓目（ひいき）を抜きにしても、とても可愛らしい顔立ちをしている。

小柄で庇護欲をそそる上に、身体付きも女性らしい起伏に富んでいて魅力的だ。

クラスの男子達が裏でコソコソと褒めているのを聞いたことがあるから、異性の目からしても魅力に溢れているのは確かだろう。まあ、そいつらは一睨みして黙らせたのだが。

偶然かもしれない。

けれど実際、〈乖離(カイリ)〉はそれには触れなかった。

それも、自分があっさりと目の前の男の言い分を飲み込めた理由かもしれない。

「ごめん……っ」

巡る思考に、〈乖離(カイリ)〉の声が割って入る。

何かと思えば、彼はルイの両手首を抑えていた手を離した。

それから、

「——っ、ちょっ⁉」

ぎゅうぅ、と。

胸のうちに抱き込まれるようにしてルイは抱きしめられた。

「だからっ、なんなのっ‼　アナタさっきから人のこと……っ‼」

「ち、ちがうんだっ」

「何がっ⁉」

問うと、やや逡巡するような間の後に、頭上から諦めたような声がする。

「……代償(アンブラ)、なんだ」

「代償(アンブラ)？」

頷いたのが、気配で分かった。

「後払いで、『人と接触すること』が求められる代償（アンブラ）なんだ……」

その力無い声音が、彼の言葉に真実味を持たせていた。

それを聞いて納得したこともある。

ヒナタの初めての任務で〈乖離（カイリ）〉が彼女を抱きしめた事件だ。

思えばアレも代償（アンブラ）のせいだったのだろう。

加えて……あまり思い出したいものでもないが、今日の懺悔室のことも。

なにより代償（アンブラ）に悩まされる気持ちはルイにもよく分かる。

「………今回だけ」

「え……？」

「今回だけは、許してあげるって言ってるの。——オタク仲間（同志）にね」

呆気に取られたような沈黙を返されて、少しだけやり返したような気持ちになった。

「ワタシが同担拒否じゃなかったことに感謝するのね」

「——あっ、ありがとう……！　助かるよ……っ」

「ふん」

それだけの言葉が交わされてから、その場を沈黙が支配した。

「………」

「………」

どちらも喋ることなく、〈乖離（カイリ）〉の代償（アンブラ）が終わるのを待つ。

その静けさの中で、ルイはその音に気づいた。

「────」

それは、〈乖離（カイリ）〉の胸の内から鳴り響いていた。

──鼓動の音。

「心臓、動いてる」

かつてヒナタに抱きしめられた時に、失いたくないと執着したあの残響となんら変わりのない音。

──ああ。

結局、〈乖離（カイリ）〉もヒナタと同じだった。

──自分などよりも、価値ある命。

あれだけ憎き敵に見えていた存在でさえも、自分よりよほど生きる意味がある命なのだ。

「………っ」

さざ波のように押し寄せるのは、胸にぽっかりと穴が空いてしまったかのような感覚。

それは、諦め、とも言い換えられるのかもしれない。

──結局、ワタシにはもう誰の命も奪えない。

仇敵だと思い込んでいた、男の命さえも。

養成学校（スクール）で幾度となく聞かされてきた標語が蘇る。

『天秤は人命より秩序に傾く』

――ワタシには、そうは思えない。

ヒナタのように、それでも尚、貫けるだけの強さがあったならよかった。

でも、今の自分を見れば分かるだろう。

ただの構成員一人にも勝てずに組み敷かれている、この無様な姿を見れば。

――ワタシって、天翼の守護者（エクスシア）向いてないのかな。

こんな汚らわしい才能（アンブラ）を持って、実の母親にも愛されないような……、

「君の心臓だって動いてるだろ」


打てば響く、木霊のように。

さも当たり前のことを口にする時の軽さだった。

「――――」

なんのことを言っているのか、一瞬分からなかった。

しかしすぐに、自分の呟きへの返事だと理解する。

「……………え？」

けれど、内容にまでは理解が及ばない。

思わず溢れた疑問符に、頭上から返答が降ってきた。

「いや、心臓動いてるのなんて君もでしょ？」

「ワタシも……？」

「うん」

「アナタだけじゃ、ない……？」

「うん」

彼の「何を馬鹿なことを言ってるんだか」という内心が聞こえてきそうな、軽い返答だった。

「ワタシ、アナタと、同じなの……？」

「当たり前だろ」

「……ぁ」

ぎゅうっと胸の奥を揺り動かされるようだった。

「ワタシ、は……っ」

自分の胸に両手を当てる。

そこから伝わる、確かな脈動。

「あ、あ……」

——ヒナだけじゃない。〈乖離(カイリ)〉だけじゃない。

ずっと、自分の命は軽いのだと思い込んでいた。

——そうじゃ、なかった……っ。

自分より軽い命などない。

けれど、自分より重い命もないのだ。

彼の何の気ない口調と同じ。

こんなにも、当たり前のことだったのだ。

「ぅぅぅ……っ」

「えっ……⁉　ル、雨剣さん⁉」

慌てているのが、声からも揺れる身体からも伝わってくる。

こんな自分を見られないように、ぐっと身を寄せた。

努めて、軽口のように言った。

「もう少し、アナタの代償(アンブラ)に付き合ってあげるわ」

「……ああ、ありがとう」

言葉少なな返答に少しだけ笑みを溢す。

自分の胸に手を当てながら、そっと〈乖離(カイリ)〉の胸にも手を当てた。

――とくん、とくん、と心の音が重なる。

もう少しだけ、この反響に身を委ねていようと思った。

◇◇◇◇

代償(アンブラ)の支払いが終わり、いくらか時間が経ってから、俺とルイは立ち上がった。

互いにローブと長剣を回収し、しばし風に吹かれてから、俺はぽつりと呟いた。

「……ここから俺どうしたらいいと思う？」

「……飛び降りたら？」

気の毒そうな目でルイは言った。

「いやいやいや。さすがに怖いんですけど!?　高すぎると気絶するって聞いたことあるし」

「あれは気の持ちようらしいわ。スカイダイビングとかでは気絶しないでしょう？」

「………たしかに」

「ワタシも天稟柄（ルクス）、空がフィールドだから。お世話になっていた養護室の先生に聞いたのよ」

彼女はふふん、と自慢げに胸を張った。

かわいい……っっ！

でも怪我しまくったことを知っている身からすると、あんまり洒落にならないのでやめてほしい……。

それから、とりあえず降りられるところまでは降りるかという話になって、俺たちは非常階段まで向かった。

その途中、

「…………これからはアナタとヒナの仲を邪魔する気はないわ」

きまり悪そうに片腕を掴むルイ。

一緒にいることを認めてもらえた。

「ありがとう」

笑って言うと、ルイも微笑んだ。

「別にアナタたちが付き合おうと何も言わない」

「………え？」

今なんて言った、この子？

「付き合う……？」

俺が首を傾げるのに合わせるように、ルイも首を傾げた。

「え、アナタたち、お互いに好意を抱いているんでしょう？」

「―――」

俺は一時停止ののちに猛烈に首を振った。

「いやいやいやいや!!」

まずいっ、このままじゃ百合を破壊してしまうぞ……っ！

なんか勘違いされてる!?

「ないないないない!!　ヒナタちゃんが俺みたいな奴のこと好きなわけないだろ!!」

俺が必死の思いで否定すると、ルイはきょとんとした。

「え、そうなの……？」

「そうそう！　妹が兄を慕うのと同じ感じだよ！」

だって、前世の義妹もあんな感じだったし。

「そ、そう……。アナタが言うなら、そうなんでしょうね」

ルイは俺の勢いに押されるように頷いた。

「ワタシ、恋とかしたことないから分からないのだけれど……」

「なん、だと……⁉」

この子、まさか自分がヒナタちゃんのことを好きだって、気づいてないのか⁉

ヒナタちゃんも無自覚だったわけだが、まさかのルイまで無自覚なのか……？

まったく、この鈍感系ヒロインめっ！

「とにかく！　俺もヒナタちゃんのことは可愛い妹分として大切だけど、異性として好きなわけじゃないから！」

「……さっきあんなに愛を叫んでいたくせに」

「推しは手の届かない遠くにいるからこそでしょ」

「それはそうね」

誤解を解きながら、非常階段を降りようとした俺の足が止まる。

「……この階段、角度急すぎない？」

「しょうがないでしょう。ただでさえ建物が高い上に、横幅がないんだから」

そう言って、すうっと宙を滑るようにして降りていく。

「あっ⁉　それズルくない⁉」

「ズルくない。アナタもジャンプすれば？」

ルイは、してやったりとばかりにイタズラな笑顔を浮かべた。

――同刻。第十支部、【星の塔】貴賓室。

中央のソファーに腰掛けるのはローゼリア・C・ブルートローゼ。

今回の事件の責任が問われることは想像に難くないだろうに、彼女は悠然と足を組み、コーヒーの香りを楽しんでいた。

「淹れ方が良いな」

「――どうも」

賛辞に応えるのは副支部長・信藤イサナ。

ソファーの後ろに立ち、腕を組んで壁に寄りかかっている。

「貴様は此処にいていいのか？　放蕩支部長に代わってこの支部の切り盛りをしているのだろう？」

「私の部下は信頼に値しますからね」

「おや、耳に痛いことだ」

背後から返される素っ気ない毒に肩をすくめる。

コーヒーをソーサーに置いてから、ローゼリアは本題を切り出した。

「半額だ」

「……と言うと？」

足りない言葉に、イサナは問いを返した。

「妾の財閥から【循守の白天秤(プリム・リーブラ)】に用立てした第十支部建設費用――およそ一一億四六〇〇万ユーロ、その半額を帳消しにしようと言っているのだ」

「ほう」

思ったよりも相手の反応が淡白なものだったことに、ローゼリアは眼を細めた。

そして次の瞬間、その表情が歪むことになる。

「――全額、で手を打ちましょう」

「……なに？」

背後でイサナが含み笑いしたのが分かった。

「一一億四六〇〇万ユーロ、耳を揃えて帳消しにしていただきましょう。禍根の帳消し、と言うのなら、こちらもそうしてもらわねば対等(フェア)じゃない」

「…………」

ローゼリアが足を組み替える。

「死の商人を前にその豪胆さ。シンドウ――貴様、強欲だなァ？」

肩越しに振り返って、愉快そうな嗤いを見せる。

対するイサナの表情に変化はない。

「そういう貴女は傲慢では？　正義の天秤に喧嘩を売るなどと」

「それが妾の生業だからなァ、クくく」

ひとしきり笑ってから、「いいだろう」とローゼリアは頷いた。

「貴様らにとっては大金だろうが、妾にとっては端金だ。構うまいよ。それで今回の件については手打ちにしようではないか」

「ええ。ご理解のほど、感謝致します」

多少なり面白いものが見られるかと思ったが、期待以上だ。

ローゼリアは楽しげに鼻を鳴らした。

――しかし期待はずれもあった。

その後すぐに飛び込んできた〈誘宵（いざよい）〉捕縛の報せである。

（ふむ、あまり振るわぬ結果だったな。所詮は快楽殺人鬼、ケモノか）

一方的な殺人を是としない闘争の売人からすれば、アレは所詮駒の一つに過ぎない。

どちらかというと興味深いのはこの支部の天翼の守護者（エクスシア）の方だろう。

（問題児が集まる支部だと聞いていたが、中々どうして優秀な武器（戦力）を揃えているじゃあないか）

〈誘宵（いざよい）〉に大した愛着があるわけではない。

だが、この支部の戦力を計るのにそれなりの仕事をしてくれたのは確かである。

（あの旗も確認できた。ケモノにも褒美の一つくらいくれてやろう）

笑みを深めたローゼリアは、一度、指を鳴らした。

（存分に、暴れるがいい）

ようやくと言うべきか、予備電源が機能し始め、支部内には安堵が広まっていた。

それは【星の塔】に集まる子供達もそうだ。

「それじゃあ、エレベーターがまた動き始めたみたいだからぁ、とりあえずみんな下へ行きましょうかぁ」

ツアーガイドを務める緩い雰囲気のお姉さんが言うと、子供達は口々に「はぁ～い」と返事する。

さっきまで事件に巻き込まれていながら、危機感が薄いのは〈誘宵〉が大した被害も出さずに敗北したからだ。

〈誘宵〉の――ひいてはソレを嗾けたローゼリアの予想よりも、何故かヒナタが圧倒的に強くなっていた弊害だった。

終わってみれば、一貫してヒナタの圧勝。犯人の〈誘宵〉はと言えば、広間の隅で気絶し、時おり痙攣している。

本来なら子供にとっては恐怖体験では済まなかったところを、今回はせいぜいが「なんか怖いアトラクションに乗っちゃったな」程度の感覚なのも仕方がないと言える。

仮にイブキがこの状況を見ていれば「原作一巻の敵を四巻くらいの主人公が倒しにいったようなものだからな……」と遠い目をしていたことだろう。

――しかし、危機意識の低さは伝達する。

弛緩した空気の中にいると、本来は気を張っているべき人間まで緊張感が薄れてしまうというのは、よくある話だ。

天翼の守護者に至ってもそれは変わらない。

ヒナタだけは例外だったが、彼女は本日のＭＶＰとして子供たちの群れの中で揉みくちゃにされていた。

――だから、それに気づけた人間はいなかった。

倒れたはずの〈誘宵〉がぬらりと身体を起こし、手近にいた見張りの天使二人を気絶させたことに。

ヒナタと戦っていた時よりも基礎身体能力が段違いに上がっている。

そうとしか思えないほど一瞬で成された出来事だった。

彼女は例によって影の中に潜行する。

――影の世界は水中のようなものだった。

現実世界の影ある場所は水面で、そこから影の世界へと出入りすることができる。

その水面の一つを見上げる〈誘宵〉。

「………ッ、……ッ!!」

彼女の正常な思考は、すでに失われていた。

底上げされた身体能力とは反対に、思考能力が奪われたというのが正しいだろう。

一時的な高揚状態。

それが今の彼女の身に起きている劇的な変化の正体だ。

けれど、彼女がそれを自覚することはない。

正常な思考能力を欠いた彼女の脳内を支配するのは、復讐心だけだった。

《影渡(かげわたり)》という天稟。

その代償として神が彼女に与えたもうたのは、『希薄』。

効果は『人の記憶に残りにくい』というもの。

これによって彼女がどれほど苦労の人生を送ってきたのかについては語らない。

ただ、彼女がそれを薪として心にくべ、世界に対する復讐にまで辿り着いてしまったのは不幸であったと言えるだろう。

それによって彼女が引き起こした事件は許されざるべきものだが。

――そして今もまた、その『希薄』さと復讐心が新たな悲劇を生もうとしていた。

そんな悪意は露とも知らず、ツアー一行は愉快に移動を始める。

その最後尾。

黒髪を後頭部で一つ括りにした幼い少女が歩いている。

――ああ、アイツはあの目立つ奴らの連れだったなァ。

〈誘宵(いざよい)〉は、本能でもって弱者たる幼女に標的を定めた。

「……このままだと、あのきもい兄様と一緒に帰らねばならぬぞ」

ツクモはツアーの最後尾について歩いていた。

理由は〝きもい兄様〟＝デコイくんに近づきたくないからである。

彼（？）はツアーの前方でポワポワした天翼の守護者（エクスシア）と何やら話をしていた。

内容はツクモの知ったことではない。

彼女は逃避するように手元のハツカネズミへと声をかける。

「なあ、フェニックス。兄様はいつ帰ってくると思う？」

しきりに首を傾げるだけで、ネズミが口を開くわけもない。

ため息をついたツクモの後ろ。影が、蠢いた。

「む？」

たまたまフェニックスを上に持ちあげていたため、ツクモは視界の端のそれに気づくことができた。

そして——鯱（シャチ）が飛び跳ねるように、影から殺人鬼が飛び出し——。


《付与》。

万物への上書きを可能とする天稟（ルクス）だ。

それは千紫万紅、無限の色を持つ万物を塗りつぶすことに等しい。

では、その神をも恐れぬ蛮行（偉業）を可能とする《付与》は何色か。

黒である。

黒こそが、全てを塗りつぶす十時（ととき）ツクモの天稟（光）の本質。

では、代償（その影）は？

——そう、白である。

危機が目の前に迫った時、ツクモはイブキの言葉を思い出した。

『第十支部(ココ)では命の危険でもない限り天稟(ルクス)使っちゃダメだからね』

(これは、命の危機というやつだろうな)

冷静にそれを見てとって、

――ぐしゃ、と。

手の中の愛鼠を握り潰した。

次の瞬間、

「ぐべっっ!?!」

それはまるで、不可視の巨人に握り潰されたかのように。

振り返るツクモの目の前で、〈誘宵(いざよい)〉の身体が弾け飛んだ。

殺人鬼は、それが目の前に幼い少女の天稟(付与)であることに、気付けもしなかっただろう。

少女の手の中では――握りつぶされたはずの白いネズミ(フェニックス)がきょとんとして首を傾げていた。

「くふ」

ツクモは笑う。

それはまるで、無邪気な子供が虫を叩き潰すように。

『無垢』。

いつまでも、どこまでも、白く白く無邪気にあり続けること。

それが、十時（ととき）ツクモの代償である。

黒く塗りつぶされ、弾けた殺人鬼が地面に落ちる。

彼女が既に息をしていないことも。

周りで悲鳴が上がることも。

天翼（エクスシア）の守護者の動揺も。

「兄様、早く帰ってこないかなー。な？　フェニックス」

無邪気で無垢な少女には、無関心な出来事の一つでしかなかった。

支部の全機能が復活し、取引の調印を済ませた後。

イサナとローゼリアはエレベーターの中にいた。

来た時と違い商人に護衛はおらず、二人だけが揺籠に運ばれている。

「貴女の護衛ですが、死んだそうですよ」

「そうか」

分かってはいたが、自らの護衛に対し全く関心がない様子の彼女に、辟易した面持ちのイサナ。

「破裂したらしいです」

「……何？」

そこで初めてローゼリアの表情に変化が生まれた。

おや、とイサナは眉根を上げる。

「貴女の仕業ではないのですか？」

「貴様は存外無礼なやつだな。手榴弾ならともかく、人など破裂させても意味がないだろうが」

「貴女も大概ですよ」

「ふん。……だが、自分が花火になるとはな」

「……はい？」

「なんでもない」

怪しいがしかし、どうやら嘘ではないらしい。

だとすると、〈誘宵（いざよい）〉は何故あのような悲惨な末路を辿ったのだろうか。

可能性はいくつか考えられるが最も有力なのは――と、イサナは思索を打ち切った。

エレベーターが目的の階に到着したからだ。

扉の前まで歩み寄ったところで、ローゼリアは肩越しに振り返る。

「ではな、シンドウ」

彼女の面貌には薄ら笑いが張り付いていた。

「中々面白い見せ物だった。端金を出した甲斐くらいはあったぞ」

「…………」

取引には応じたものの、部下と招いた子供達を危険に晒すことになったイサナとしては不愉快であることに変わりはない。

仏頂面の副支部長を愉快そうに眺めてから、商人は扉を開けた。

その先には、ヘリポート。

そして——盛大に横倒しになり、プロペラも何本か折れたヘリが一機。

「…………」

何も言わず振り返った死の商人に、メイド服の副支部長はとびっきりの笑顔でカーテシーをした。

「本日はご足労頂き誠に有難う御座いました。どうぞ、地を這っておかえりなさいませ？」

——地の底。

【救世の契り(ネガ・メサイア)】地下基地〈巣窟(ネスト)〉〝下の部屋(エルカネク)〟。

七つの席の一つに、真白の人物が腰掛けている。

扇情的な装いに反する清廉な雰囲気。

盟主〈不死鳥(しなずどり)〉は肘掛けに両肘をつき、顔の前で緩く手を組んでいた。

瞑られた目の端から透明な雫が流れ落ち——、

「瞑想は終わりか？　〈不死鳥(しなずどり)〉よ」

彼女の隣に立っていた少女が声を発する。

盟主は瞑目したまま声の方へと顔を向け、掠れ声(ハスキーボイス)で応じた。

「ええ。お待たせしました、ツクモ」

「うむ」

ツクモは尊大に頷くと、本題を切り出す。

「指示通り、《付与》してきたぞ」

「そうですか。ありがとうございます。流石ですね」

「うむうむ！　そうだろう！」

〈不死鳥（しなずどり）〉が微笑むと、ツクモもにこーっと笑った。

「楽しかったですか？」

「うむ、中々に楽しかった！　兄様も面白かったしな！」

ツクモの言葉に〈不死鳥（しなずどり）〉が首を傾げる。

「……兄様？」

「〈乖離（カイリ）〉のことであるぞ」

「彼が……」

不意に彼女の貼り付けたような微笑が揺らいだ。

少なくともツクモにはそのように見えた。

「？　どうした、〈不死鳥（しなずどり）〉よ」

「…………いえ」

彼女はゆるりと首を振る。

「わたくしにも、分かりません」

盟主は、ただ天を仰いだ。

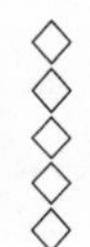

天空にほど近い副支部長室にて、

――〈乖離（カイリ）〉、サイッコーっ!!

ルイやヒナタ、リンネやクララから上がってきた報告書を読んでいたイサナは、内心で叫んだ。

ニッコニコもニッコニコである。

確かに、あの雨剣ルイが獲物を取り逃したというのは驚きだし、他にもいくつかの問題は残っていた。

だが、全てが終わってみればどうだろう。

ローゼリアからの借りは帳消し。

彼女に追従していたパトロン連中は軒並み黙殺。

取り逃し続けていた殺人鬼の排除。

味方&庇護対象に被害者ゼロ。

ついでに、いけすかない商人に一泡吹かせられた。

イサナさん、大勝利である。

――〈乖離（カイリ）〉くん、非常に有能なんですけど……！

心に傷を負いながら《読心》を使い続けたにも関わらず、目的はイマイチよく分からず、そのくせ天使に対する謎の好意を持っていることだけは分かった。

要するにさっぱり分からないということが分かったが、こちらに対する不都合は今のところ一切ない。

あんなのが敵対組織にいるあたり、言わば〝自律式トロイの木馬〟である。

これは泳がせておくのが吉、とイサナは判断した。

「………あ、やべ」

と、そこまで上機嫌だったイサナは唐突に思い出した。

前に、雨剣ルイから〈乖離〉の似顔絵を受け取った時のことを。

「………本当に少女漫画のヒーローみたいなイケメンだったな……」

私、もうすぐ死ぬかもな……。

イサナは遠い目をして、机に突っ伏した。

終幕　対翼のシミラリティ

おしゃれなインテリアで飾られたスイーツ店に、ひときわ他の客の目を惹く二人組の男女がいた。

亜麻色の髪の男性は黒縁の眼鏡を掛け、あたかも「俺、指宿なんて苗字じゃないよ！」という巫山戯(ふざけ)た面をしている。

イブキである。

「変装なら眼鏡一択でしょ」という雑な理由からの黒縁眼鏡だったが、それがまた良いアクセントとなって頭良さげなお洒落イケメンと化しているため、全く変装になっていない。

その対面で足を組んで肘をつく女性もまた眼鏡を掛け、あたかも「ワタシ、雨剣(うつるぎ)なんて単語知らないわ」という澄ました顔をしている。

ルイである。

イブキの変装＝眼鏡理論を疑いつつも少し洒落たサングラスを掛けたところ、「なんだかいつもより視線が減っている気がするわ」と彼を見直しているが、単に独りでいる時より視線が分散しているだけである。

どちらも絶世の美男美女であったが、彼らが注目を浴びているのはそれが理由ではない。

「いーえっ、それは解釈違いよっ！」

「なんでだよ⁉　いいじゃん、ちょっとやさぐれた感じのヒナタちゃんっ！」

「ヒナは純粋でポカポカしてる時が一番可愛いのっ！」

「それは認めるけどさぁっ！」

ただただ五月蝿いからである。

ちなみにここへやってきてから、かれこれ三十分ほどこんな感じである。

目立ちすぎる二人が窓際にいることで「何あの美男美女⁉」と客寄せパンダのように来店者が増えるため何も言わなかった店主がそろそろキレようとしていた。

「……アナタが認めないせいよ」

「……認めないのは君だろ」

無事店を追い出された二人はチクチクとお互いを刺しながら、通りを歩いていた。

第十支部での激戦の後、解釈違いを起こしていたら詰んでたんじゃないか……とイブキは薄ら寒さを覚える。

余談だが『人の多い方が紛れ込むから目立たないんじゃない？』とイブキが電話（家電）した所、『さては天才ね？』とルイが返したため、二人は今、原宿の竹下通りに来ている。

案の定、彼らの周りは人が寄らずにサークルのようなものができあがっているが、割といつものことなので二人揃って気づいていない。

それどころか「細かいところは前世と違うけど、原宿が若者文化の中心として賑わっているのはこの世界でも変わらないんだな」とイブキは感心して周囲の様子を見ていた。

反対に、前を向いたままのルイが口火を切った。

「それで、本題なのだけど」

「できれば店を追い出されるより前に入って欲しかったかな……」

周りの人混みを見て、内緒話には向かないと暗に訴えるイブキ。

「うるさい。……これだけ離れていれば、ちょっと声を抑えれば平気よ」

聞こえづらいとイブキが少し顔を寄せると、ルイは大袈裟にのけぞる。

「ちょっと……っ。気安く顔を近づけないでくれる？」

「そんなにぃ……？」

近づいたはずの心の距離ぃ……と項垂れる眼鏡くん。

その落ち込みようを見て、ルイは決まりの悪そうな顔をする。

「その……あまり慣れていないのよ、男に」

「……ああ、それはごめん」

「いえ」

そんなこんなで距離感に苦心すること、しばし。

ようやく始まった本題は、

「アナタってなんで【救世の契り（ネガ・メサイア）】に入ったの？」

イブキを沈黙させるに足る、核心をつく質問だった。

「電話越しで済ませたくなかったの」

「……なるほど」

ルイの真剣な眼差しが、イブキの頭から誤魔化しの選択肢を消し去った。

脳裏に一つ残るのは真実——幼馴染(クシナ)の顔。

「大切な子の力になるため、かな」

今度はルイが沈黙する番だった。

脳裏に浮かぶは、彼の言う大切な子——親友(ヒナタ)の顔。

「……ふふ、本当に筋金入りね」

「うん。……うん？」

なにかズレている気がしたが、わざわざ突っ込むほどでもないかとイブキはスルーした。

「それが聞けて満足だわ」

少女が晴れやかに笑う。

「天気予報でこのあと雨が降るって言ってたし、ここまででいいわ」

いつのまにか、二人は原宿駅まで戻ってきていた。

「このあと支部まで行かないとなの」

「今日はオフって言ってなかった？」

「そうなのだけど」

と、ルイが目を向けた遠方、曇り空の下には――第十支部の威容。

釣られて、イブキもそれを見る。

「少し、副支部長に会いに」

「えへ……」

「…………」

へらへらと卑屈そうに笑う副支部長と、黙考する美しき天使が執務机越しに向かい合っていた。

彼女らの頭にあるのは一つだけ。

（似顔絵、どうしよう））

イサナからすれば、〈乖離〉を捕らえさせたくない。

ルイからしても、〈乖離〉を捕らえさせられたくない。

なぜか正義のヒロイン二人が、悪の構成員一人を互いから逃すべく模索する謎の空間が出来上がっていた。

イサナは考える。

（雨剣ちゃんは分かりやすいから、心を読まずとも思惑は分かってる。〈乖離〉を排除したくて堪らないんだろう。今回、見学ツアーで会っちゃってるし、流石に捕まえさせようとしてくるはず）

ルイは考える。

（今回〈乖離（カイリ）〉と対峙してしまったから、ローブの下の素顔を再確認したと思われているわよね。……そもそも副支部長は〈乖離（カイリ）〉の正体に気づいているのかしら。……いえ、気づいていたら、いの一番に手配書を出してくるはず）

先手を打ったのは――ルイだった。

「副支部長」

「ひゃいっ！」

「〈乖離（カイリ）〉の似顔絵の件ですが」

「ひいっ！　ごめんなさ――」

「ありがとうございました」

「――いぃ……？」

イサナは首を四十五度くらい斜めに倒した。

ルイは続ける。

「先日〈乖離（カイリ）〉と再度交戦したのは報告書に書いた通りです。その際、素顔を確認したところ、この間の描き直していただいた似顔絵にそっくりでした」

「…………んん？」

これは一体どういう風の吹き回しだろうか。

訝しむイサナだったが、考えるのは後にして一旦話に乗っかることにした。

なにせ自分に都合が良すぎる。乗らない手はない。

「そ、そうかいそうかい。そりゃあ良かった。ははは……」

乗っかるだけ乗っかってから考える。

雨剣ちゃんは何を考えているんだろう、と。

まるで考えが読めないのは、ちょっと怖い。

さすがに読心っちゃうか、と決意した。

一方、ルイは胸を撫で下ろしていた。

（よかった、副支部長は気づいていなかったみたいね。あの女豹（ローゼリア）の相手をしていたのだから、そちらに手一杯で当然だわ。もしバレていたら、ワタシの目がとんでもない節穴になるところだったけれど）

そこで、《読心》が発動した。

（まあワタシ、正直顔の良し悪しとかあまり分からないしね。小さい頃テレビに出ているアイドルとそこらへんのホームレスを間違えたのは懐かしい思い出だわ）

自分が抜きん出て美形であるせいか、ルイは少々「美」の基準が高すぎるきらいがあった。

人間が大嫌いであった幼少の頃などは特にそれが顕著で、他人が全員猿にしか見えなかったほどである。

今となっては自分でも流石に無いな、と思っている。

ただ、それを思い出すタイミングが少々悪かった。

（――おいおい、雨剣ちゃんの目、とんでもない節穴だわ）

イサナはとても悲しい気持ちになって、読心を一瞬で打ち切った。

結果的にはお互いにとって最上の選択である。

そして可哀想なものでも見るような目を部下へ向けると、

「雨剣ちゃん、少女漫画でも読む？」

「はい？」

彼女の手には漫画があった。

キラキラした表紙には『僕に送れ』とタイトルが書いてある。

「いえ、いらないです。興味ないので」

「そんなこと言わずにさあ！　節あn……カッコいい男の子たくさん出てくるよ？」

「その時間があったらヒナを〝観て〟いたいです」

「嗚呼……」

ぺい、と弾かれてイサナは嘆く。

ルイはふと気づいた。

副支部長デスクの上に積み上げられた書類の山。

その束の合間合間に、これでもかと少女漫画が挟まれているのを。

「ここまで終わらせたら続きを読めるよ！　頑張れ私！」と言い聞かせているようで非常に痛々しい。

ルイが「うわあ」とドン引きして、書類の間に挟まる『メープルメロンコーラ（一三）』だとか『しのぶれど（五〇）』だとかを見ていると、イサナは鋭く目を光らせた。

「雨剣ちゃん、これとかいいよ!!」

「布教はやめてください」


結果、布教された。

というか、無理やり渡された。

「来週までに感想文提出しないと減給だから！」とパワハラをしてきた上司を必ず労働組合に訴えると決める。

持ち帰ろうかとも思ったが、窓の外で大雨が降りはじめたのを見てやめた。

支部のロビーに置かれた椅子に座り、一気に読んで今日中に叩き返してやろうと、読み始める。

本当に減給されたら推し(ヒナタ)への課金ができなくなってしまうし。

と、自然に考えて、そういえば今は同志がいるんだなと不思議な気持ちになる。

「……ふふ」

ルイの口元が緩む。

二人ともヒナタを推していて、けれど立場は正義と悪。

二人ともヒナタと仲が良くて、けれど親友と兄代わり。

二人とも得意な戦場は天空で、けれど武器は剣と紙片。

二人とも普通より顔が良くて、けれど男女の性は違う。

少しだけ違う（ほとんど同じな）、似たもの同士（シミラリティ）。

——なんだか仲間ができたみたい。

親友とは違う、不思議な繋がり。

案外、悪くないかもと思う。

そんな考え事をしながらだったが、本を読むのは嫌いじゃない。

しかも漫画とあって〝課題〟はスラスラと読めていた。

ちょうど話が大きく動き始める頃合いだ。

『私ね、ずっと気づかない振りしてた』

『どういうことだよ』

『私、彼に一目惚れだったの！』

「はあ……急に冷めちゃったわ」

やっぱり、少女漫画なんてくだらなかった。

一目惚れ。

自分が一番嫌いな告白が出たわ、と頭が痛くなる。

副支部長はよく平気でこんな〝頭の悪い女〟の物語を読んでいられるな、と感心すら覚えた。

その〝頭の悪い女〟が、絵の中で必死に語っている。

なんという無様な絵図だろうか。

『他の女の子と仲良くしてるとモヤモヤしちゃうし』

――百年祭（サタナリア）。

「…………」

『目が合ったら、反射的に睨みつけてしまったり』

――ショッピングモール、支部見学会。

「…………い」

『顔が近いと鼓動が高鳴ったり』

――懺悔室、屋上、原宿。

「……ない」

『何より初めて会った時、どうしようもなく目を離せなくなったの！』

――〈紫煙（シエン）〉移送車護衛時。

あの時〈乖離（カイリ）〉のフードが外れ、ルイは思わずその素顔に釘付けになった。

それは大事な親友を誑（たぶら）かす下郎が、女遊びでもしてそうな顔の持ち主であったことに対する怒りであって。

決して、決して美貌に見惚れていたなどと――。

「……ありえない」

あの、一目見て惹きつけられるような、心を手放してしまったような、あの感覚こそが――。

「……ありえないありえないありえないありえないッ!!」

ルイは勢いよく本を閉じる。

「〜〜〜っっ!!」

いてもたってもいられなくなり、大雨の中、衝動的にバルコニーに飛び出す。

どうしてか身体に力が入らず、鉄の欄干を弱々しく、それでも精いっぱい力強く掴む。

空色の長髪と背中が大粒の雨に打れていた。

大嫌いだったはずの、雨。

「このワタシが一目惚れなんて――」

けれど、今だけは。

「――絶ッ対、ありえないからッッッ！！！」

火照った身体を打つ水滴が、どうしようもなく心地よく感じられて仕方ない。

「はぁ、はぁー……」

吐き出す息が、熱い。

ぱたぱたと雨が身体を打つ音がする。

そんな中で、ルイの耳はそれを聴き取ってしまった。

――とくん、とくん、と。

自分の身体の中心で脈打つ、高鳴る鼓動の音を。

「………っ」

思わず、ぱっと両手を当てる。

「……どうしよう、ワタシ」

ぎゅううっと胸の布地を握り込んだ。

「いま、とっても生きてる」

雨。

降りしきる雨。

確かな鼓動を遮るように混じる、ノイズのような雨。

――雨剣ルイは、やっぱり雨が嫌いだ。

長く苦しい修行

「ふふ～ん」

「…………」

ゆらゆらと身体を揺らして座る、上機嫌なヒナタ。

その対面で――ルイは顔を青くして座っていた。

「む、ムリよ。こんなのゼッタイ、無理……！」

「大丈夫だいじょうぶ、ルイちゃんならできるって。ほらほら♪」

にこにこと笑いながらソレをルイへと押し出してくる天使(悪魔)。

「ゆっ、許してヒナぁ……！」

若干、涙目になりながら首を振るルイ。

彼女の目の前、机の上には、

「こんなに食べられるわけがないわッ」

山のように積まれたハンバーガーがあった。

◇◇◇◇◇

「ルイちゃん、太ろっか」

「え？」

きっかけはその一言だった。

ルイが自分より二〇センチほど下にあるヒナタの顔を見下ろすと、ニコニコした天使がこちらを見上げていた。

その笑顔にどこか影があるように見えて――ルイには思い当たる節があった。

「ヒナ……アナタひょっとして、前回の人気投票のこと気にしているのかしら……？」

「――」

ヒナタが笑顔のまま肩を揺らした。

前回の人気投票。

それは養成学校(スクール)卒業時に行われた人気投票のことだ。

天翼の守護者(エクスシア)には治安の維持という第一の遵守事項(プリム・リーブラ)がある。

それを守り抜く上で必要とされる素養が三つあった。

勇気、才能――そして、人気(華)。

英雄は、平和の象徴として人々の心に安寧をもたらす。

彼女たちには勇気と才能は当然、それと同じかそれ以上に〝華〟が要るとされているのだ。

そして英雄の資格たる象徴(ヒーロー)性を周知させる一大イベントこそが人気投票だった。

ルイからすればくだらない遊びだ。

だが天翼の守護者(エクスシア)である以上、参加自体は半ば強制。

養成学校(スクール)の卒業時にもそれがある。

天翼の守護者(エクスシア)のランキングとは別に養成学校(スクール)のランキングが設けられているのだ。

卒業時のそれは言わば成績みたいなものとして位置付けられている。

その結果を、気にしているのではないかと、ルイは問うたのだ。

「ややややだなぁ！　そんなわけないじゃん⁉」

「ヒナ……」

露骨にあわて始めるヒナタを、しらっとした目で見るルイ。

卒業時のランキングは、ルイが圧倒的な一位だった。

養成学校生ながら〈美しき指揮者〉などという大仰な二つ名を持つのだから、さもありなん。

肝心のヒナタも、三位に大差をつけての二位だ。

およそ九割五分の票が二人に集まる異例のランキング。

三位以下はもはや諦めの境地にいたという。

この結果自体にヒナタも不満はないだろう。

それどころか「わたしなんてそんな……」と心の中で謙遜している様がルイの脳裏にはありありと浮かんでいた。

しかし問題は、

「――大丈夫よ、ヒナ。別にアナタは太っているわけじゃないわ」

「ルイちゃんっ⁉」

ランキングには応援コメントも一緒に寄せられることが多い。

その膨大な量を全て読み切ることはできないが、ざっと目を通すくらいはできる。

ヒナタと一緒に覗いてみたところ、ルイのそれは基本的に「美しい」と「綺麗」で埋められていた。

中には「細すぎて心配になる」や「折れそうで怖い」などという旨のものも混じっていたが、基本的には賞賛・礼賛の雨霰である。

が、正直どちらもどうでもいい。

ルイは応援・声援に向ける興味は皆無だ。

なんなら「他人の応援なんかしていないで自分のやるべきことをやれば?」とすら思っている。

良かろうが悪かろうが他者の意見など気にしないのがルイだが、ヒナタはそうも割り切れない。

ヒナタの応援もほとんどが「かわいい」か「つよい」の二択だったが、チラホラと「もちもちしてる」だとか「健康的」だとかのコメントも散見された。

明らかに幼い筆跡。子供とは時に残酷な真実を突きつける生き物である。

ルイ的には褒め言葉だと思うのだが、彼女はそれを気にしているらしい。

「違うのっ!　筋肉っ!　筋肉量が多いだけなのっ!」

「うんうん、そうね」

「ルイちゃんと違って、わたしは近接戦が主体なんだからっ!」

「うんうん、そうよね」

涙目になって必死に言い募るヒナタの胸部をじっと見るルイ。

(あの山ほどの栄養は全部そこにいくのでしょうね……)

ルイはそっと目を逸らした。

それを目敏く、ヒナタは見咎めた。

「あーっ！　その感じ、信じてないでしょ⁉」

「信じてる信じてる。……別の部位(もの)を」

「もうっ‼」

ぷんぷんしてるヒナもかわいいな、と思っていると、話題が元の場所に帰ってきた。

「ルイちゃんももっと太るの！　健康的にもよくないんだからね！」

「……しかたないでしょ。あまり食べられないのだから」

「だ・か・ら、食べれるようになるための修行、しにいこ？」

「いやよ」

ふい、とルイはそっぽを向いた。

むっ、頬を膨らませたヒナタは、——目に妖しげな色を宿した。

「——ね。デート、しよ？」

「今すぐ行きましょう」

こうして彼女たちの修行(デート)が始まった。

「もう帰るぅ……！」
そして冒頭、フードコートにて。
ルイが往生際悪く首を振っているとヒナタは、

「しょうがないなあ」

と笑って、ハンバーガーの山に手を伸ばす。

天使がぱくぱくと口を動かすにつれ、あっという間に山は消えていった。

その様子にルイは顔を青くする。

（あ、あんなに油物を……うぷ。でも食べてるヒナは可愛いわ……）

オタクとは斯くもたくましい生き物である。

彼女の前でぺろりとハンバーガーの山を平らげてしまった天使(推し)は満足げなため息の後、真剣な表情をした。

「今のは冗談だけど」

「あれが冗談……？」

「冗談だけどっ。ルイちゃんは痩せすぎでよくないと思います。病気とか体調不良にもなるんだよ？」

「ええ、まあ、そうだけど……」

消極的な同意を受けて、ヒナタはどこからともなく眼鏡を取り出した。

先生モードに入ったらしい。

「体重を増やすためには——とにかく摂取カロリーを増やします！」

「はあ」

「でも、栄養が偏ると腸の吸収力が下がるのでバランスよく食べること」

「じゃあ、なんでさっきハンバーガーを」

「女性でも一日二〇〇〇キロカロリーくらいなら摂っても全然平気なんだよ。特に運動する人はね」

「ワタシはあんまり動かな」

「最初のうちは一日四〜六食に分けて食事をするとか、間食を摂るようにするとか、そういうのがいいかな」

「ねえ、聞いて」

先生モードのヒナタに口答えは許されない。

ルイの目からハイライトが消えかけている。

「あと意識することは、毎食タンパク質を欠かさず摂取することと、無酸素運動——筋トレをすること！　これは摂取したカロリーを脂肪にしないための運動だから、絶対だよ！　だからルイちゃん、」

「なに……？」

ヒナタはにっこり笑った。

「一緒にがんばろうねぇ？」

「ひぃ……」

ルイの長い修行が始まった。

その身代わり人形は

緊急安全保障用・略式再現型模造人形〈ディメンション・コアレス・インターフェースMk-Ⅶ〉。

ちなみにツクモが完成時にそれっぽい言葉をつけただけなので深い意味はない。カッコいいからである。

ディメンション～だと長いのでそれぞれの頭文字を取った通称が、〈デコイくん・柒式（ななしき）〉。

そちらを普段使いしすぎて、ツクモはもう正式名称を忘れている。

そんなデコイくんの性質を簡単に説明しよう。

この身代わり人形には二段階の準備が必要だった。

一つは、特定の人物の行動をプログラミングしておくこと。

「○○なら、こういう時はこういう対応を返す」ということを一つ一つ打ち込んでおくのである。

それなりの時間を要する行為だが、『紙吹雪を出す腕輪』の紙吹雪が手作りであるように、ツクモはちまちました作業が結構好きだった。

まあ、子供ゆえ飽きる時は一気に飽きるのだが。

プログラミングは事前に仕込んでおくものであるため、想定される人物以外の行動は模倣できない。

柒式（ななしき）の場合は、ツクモのみである。

加えて、複雑すぎる行動や解答も不可能。

単純にプログラミングが難しすぎるのだ。

これが「略式再現型」という名の所以（ゆえん）だった。

そして、二つ目の手順。

使用者の記憶、および思考回路の読み取りである。

こちらは事前入力ではなく、起動時に使用者の脳をスキャンしている。

直前まで経験していたことや考えていたことが欠けていては、身代わり人形(デコイ)として十分な役割を果たせないからだ。

これら二つの手順を設けることによって、ツクモはデコイくんの精度を飛躍的に上げることに成功。

壱(1)から陸(6)までのデコイくんとは一線を画すのが柒(7)式だった。

同時に、これは「言動プログラムを事前に組んだ対象」と「実際の使用者」が異なる人物でも使用可能なことを意味している。

第十支部見学ツアーでは、前者がツクモで後者がイブキであった。

要するに、イブキのような趣味嗜好や思考回路を持ち、ツクモのような反応や言動を返す存在が爆誕してしまったのである。

そう――イブキのような天使オタクかつ、ツクモのように思ったことを口にする、化け物(モンスター)が。

「お姉さん、綺麗ですね！」

「…………はえっ⁉」

イブキ（本体）が、天空にてルイと死闘を繰り広げている時のことである。
東雲(しののめ)マヤノ。

ぽわぽわしたお姉さん、とイブキが心の中で呼んでいた天翼の守護者（エクスシア）だ。

彼女は数多の天使の中でもかなりの知名度を誇る天使だった。

では、なぜ天使オタクことイブキが彼女について知らなかったのか。

それには波打ち際よりも浅い理由があった。

イブキが、テレビを見ないからだ。

東雲（しののめ）マヤノは子供向け番組『おねえさんといっしょ』で歌を担当しており、子供に根強い人気を誇っている女性だった。

一言で表すなら、「うたのおねえさん」である。

だからこそ、イブキを除いて九九人が幼児である今回の見学ツアーに選ばれた。

実際に子供達からは性別を問わず好評であったのだが、推しが聖地にいてそれどころじゃなかったオタクは気づいていない。

役所（やくどころ）上、戦闘方面での活躍に乏しい彼女は『わたゆめ』でも出番がなく、その意味でもイブキと彼女には接点がなかった。

——当然、無い記憶が引き継がれるわけもない。

きもい兄様ことデコイブキくんも彼女、東雲マヤノについては全くの無知だった。

だから、〝イブキとして〟感じたことを〝ツクモのように〟素直に言うところから擬態を始めた。

「お姉さん、綺麗ですね！」

〈誘宵〉が制圧されヒナタが離れた後、広間からエレベーター付近まで移動する途中。

偶然、たまたま、案内人でありながら一行の先頭ではなくモジモジしながら隣を歩いていたマヤノに向かって、彼は言った。

「………はえっ⁉」

はじめは何を言われたのか飲み込めずに目を丸くしていたマヤノは、理解した途端、信号が切り替わるように頬を染め上げた。

「あ、あああの……ありがとう、ございますぅ……」

恥じらう花のように縮こまるマヤノ。

彼女は、

（わ、わたしぃ、どうしてこんなに熱くなっているのでしょうか……っ？）

初めての経験に戸惑っていた。

生来、穏やかな気質の彼女は現代において珍しく男性にモテた。

女尊男卑に則って男性を下に見る女性が多い中、ほとんど対等の存在として自分を扱ってくれるマヤノは、男性にとっては貴重な存在だったのである。

見た目を褒められるのも初めてではない。

それどころか共演した男性、いわゆる「うたのおにいさん」であったり男性アイドルであったりに告白されたことすらある。

そういう時には申し訳なさを覚えながらもはっきりと否定の言葉を返すことだってできたのに、今の自分ときたらどうだろう。

ただの一言、褒められただけでこんなにも顔を熱くしてお礼の言葉を返すのが精一杯。

年下であろう青年に微笑みを向けられただけで勢いよく目を逸らしてしまう。

(ああ……わたしったら、どうしてこんな感じの悪いことを……?)

そもそも、どうして自分がわざわざ彼の横を歩いているのかも分からない。

流れに沿って歩いていただけなのに、チラチラと彼を窺っているうちに隣に来てしまっていたのだ。

全くもって不可解だった。

と、そこで気づく。

さきほどから自分は「彼、彼」としか彼を呼べていない。

自分は隣の青年の、名前すらも知らないのだ。

そう思った途端、マヤノの胸にさざ波のような寂寥感が押し寄せてきた。

「あの……」

「?」

「あ、いえ、そのぅ……」

気づいた時には彼に声をかけていた。

けれど思わず口をついてしまっただけで、何を言うかも考えていない。

彼は首を傾げて、きょとんという擬音がよく似合う表情をしていた。

（か、かわいいぃ……）

その子供っぽい仕草に胸の奥の母性をきゅんきゅんと疼かせながら、マヤノは口を開く。

「あなたのお名前を、聞かせてもらえたら――」

「マ　ヤ　ノ　さ　ん　？　」

「ひぅうっ!?」

背後から、首筋をなぞるような声音が響いた。

少し涙目になって恐るおそる後ろを伺うと、

「マヤノさん、どうしたんですか？」

向日葵が顔を背けてしまうくらいに朗らかな笑顔を浮かべた後輩――傍陽ヒナタがそこにいた。

すごく、こわい。笑顔なのに。

「傍陽さん、これは、そのっ――」

なぜか言い訳を考えながら、ぐるぐると目を泳がせるマヤノの前に人影が立ち塞がった。

彼だ。

「ヒナタちゃん！」

「今日も天使だね！　とっても可愛いよ！」

「ふええ!?　な、なんですかお兄さんいきなり!?」

ハイテンションでグイグイと迫られて、ヒナタはわたわたと慌てる。

先ほどまでの重圧が霧散した彼女の様子に、マヤノはこっそり胸を撫で下ろした。

それから――胸の高鳴りを自覚する。

（いま……わたしのことを庇ってくれた……？）

ヒナタを妹分のように可愛がる青年を、ぽ～っと見つめる。

明るくて朗らかで、ちょっと子供っぽくて、

（それと、かっこいい……）

思い出されるは、電子扉が開かなくなってしまった非常事態での彼の行動。

並大抵の天翼の守護者（エクスシア）だって破壊できないであろう扉をあっさりと蹴り飛ばしてしまった勇姿だ。

そのあと「勝手なことをしてしまった」と謝る謙虚な在り方や、こちらの礼に対する優しい笑顔なども含めてマヤノの目にはとても好ましく映っていた。

（あ……）

マヤノの視線の先で、彼がヒナタの頭を撫でている。

顔を真っ赤にしている少女を羨みながら、マヤノは決めた。

（イサナさんに彼のお名前、訊いてみようかな……）

それをしたからといって、どうにかなるものではないのだけど。

そう自嘲しながらも、マヤノはやっぱりドキドキしていた。

――後に、思わぬところで彼に会うことになるとは、その時のマヤノは想像もしていなかった。

——それよりも前に、頬を染めながら彼の名前を尋ねられた副支部長イサナが天を仰ぐことになるとも想像していなかった……。

ツクモちゃんのゆううつ

【救世の契り(ネガ・メサイア)】地下基地〈巣窟(ネスト)〉。

一般構成員たちが屯(たむろ)するよりも遥か下層にその部屋はあった。

床には鉛筆削りなり、壊れた扇風機なり、謎の液体が入った瓶なりが散乱しており、足の踏み場も碌にない。

けれど、部屋の主人にとっては全くの無問題であった。

その部屋に居住空間としての役割は求められていない。

必要なのは工房としての機能だけだったのだから。

そこは、【六使徒】第五席〈玩具屋(ガングヤ)〉の工場である。

「なあ〈紫煙(シエン)〉よ」

なんとも深刻そうな表情をした工場長、十時(ととき)ツクモが同僚の名を呼んだ。

その同僚はといえば他人の、しかも幼女と同じ空間にありながら我が物顔でソファを占領し、煙管(キセル)から煙を燻らせていた。

部屋の主人からの呼びかけにも億劫そうに首をもたげる。

「どうした、ツクモ」

「――それだ！」

「うわっ、なんだよ」

突如立ち上がって〈紫煙(シエン)〉こと化野(あだしの)ミオンを指弾するツクモ。

並々ならぬ様子で真っ直ぐにミオンを睨みつけている。

キレられる要素は多少……いや相当数ミオンの脳裏に浮かんだが、ツクモの言う「それ」が一体どれを指すのかさっぱり分からない。

ここへきてからずっとソファを占領しているし、煙草はいつものことだ。

今更それらに怒るとも思えない。となれば——、

「……一昨日、冷蔵庫にあった弥勒堂のプリンを食べたことか？」

「犯人は汝だったのか！？！？」

「なんだ違うのか。よかったー」

「良くないわ！　覚えているがよい！　次のプリンにはピーマンの味を《付与》しておいてやる！」

「それ言っちまったら食わねぇよ……」

きっと付与したの忘れて自分で食べるんだろうなぁ、そして涙目で犯人を探し回るんだろうなぁ、とミオンは未来予知した。

「って違うわ！　そうではない!!」

「んー？」

むきーっと地団駄を踏んでツクモが言うところによると、

「——どうして誰も彼も我を『ツクモ』だの『ガングちゃん』だのと呼ぶのだ!!　我のコードネームは〈玩具屋（ガングヤ）〉である!!」

なるほど、この厨二幼女の不満は呼ばれ方か。

とはいえ、分かったところで、だ。

「……あんま変わんなくね？」

「変わるわぁ！　『総理大臣』を『でっかい家のおばさん』と呼ぶくらい違うわぁ！」

別に大した問題だとも思えないが、ミオンはあえて乗っかってみることにした。

「――大問題じゃねぇか！」

「だからそう言ってるだろうに！」

途端に勢いづくツクモ。

「玩具屋、カッコいいだろう⁉　実際にできあがるものは大量破壊兵器並みのものすらあるにも関わらず、玩具屋！　失敗作も含めて玩具としか思ってなさそうなあたりが！　すごく‼」

「うーん？　……そうだな！」

「そうだろう、そうだろう！」

「だがよぉ」

「む？」

ツクモの喜びように水を差すミオン。

一度煙管（キセル）をふかしてから口を開く。

「『ツクモ』のが呼びやすくね？」

「カ――ッ⁉」

「オマエ史上、類を見ないくらいの衝撃を受けてるな……」

ピシリと石化したツクモを見て苦笑するミオン。

「わ、我は〈玩具屋（ガングヤ）〉で……」

「長くね？」

「ぐふ……っ⁉」

膝をつくツクモ。

ローブ兼白衣の裾が地面に広がった。

「いや吾（オレ）とか〈刹那（セツナ）〉とかなら、まだ分かるんだが……ゼナが〈絶望（ゼツボウ）〉とかは文字数が倍だし、なあ？」

「ぬわああああああ‼　それでは〈絶望（ゼツボウ）〉が自身のコードネームを気に入ってないようではないか‼」

「えっ」

「えっ」

ぺたん、と地面に座り込んでいたツクモがきょとんとした。

ミオンもきょとんとしてツクモを見た。

しばし見つめ合っていた二人だが、やがて幼女の目がうるうるし始める。

「ううっ……ゼナねえのこと『絶望』って言い出したの我じゃないもん……」

「待て待て悪かったって、泣くな泣くな」

「ゼナねえが街滅ぼして元々『絶望』って言われてたんだもん！」

「いやでもそれを異名に流用したのはオマエだよね？」

「――ぐすっ」

「ハッ、しまった。吾（オレ）の中に流れる嗜虐趣味者（サディスト）の血が思わず……！」

泣き出しそうなツクモのフォローに回ろうとして、自らの性根に阻まれるミオン。頭を振って、慰めの言葉を捻り出そうとする。

「あ～、アレだ。ほら、ここ五年くらいは確かに全部ツク――〈玩具屋（ガングヤ）〉が名付けてるけど、ゼ、〈絶望（ゼツボウ）〉みたいに元々言われてたのとか、〈刹那（セツナ）〉みたいに母親から継ぐパターンもあるし……」

「我が考えたのはダメって言いたいんだあああああ！　びえええええ!!」

「だあああああ！　人を貶すなら幾らでもできるのに、慰めるとなると頭が回らねえー!!」

阿鼻叫喚の玩具工場。

その重い鉄扉がギィと音を立てて開く。

「うるさいですよ、あなたたち……」

はあ、とため息をついて現れたのは【救世の契り（ネガ・メサイア）】盟主、〈不死鳥（しなずどり）〉だ。

手ぶらで、いつもの白い衣装に身を包んでいる。

「じなずどりぃいいいい！　ミオねえがいじめるぅううう!!」

「はいはい。いつものことですね」

自分に抱きついてお腹の辺りに押し付けられたツクモの頭を撫でる盟主。

「いや、ちがくて……」

ミオンが説明すると、〈不死鳥（しなずどり）〉は一つ頷いて、

「長いですよね」

ツクモの想いを一蹴した。

抱きついて自分を見上げる幼女の頭は撫でたまま。

「なぜなら」

彼女の小さな肩が震え始めるより前に言葉を繋ぐ。

「コードネームは本来、敵に正体を隠したまま仲間内で呼び合うために付けられたものです。最も必要とされるのは戦闘時。長い名ではその分ロスが生まれますから」

「ふぇ……」

「しかし」

盟主がツクモの頭を撫でる手つきは優しく、柔らかい。

「わたくしは好きですよ」

直前まで潤んでいた蒼翠の目がパアと明るくなる。

彼女はくるっと身体を反転させて、ミオンの方を——白衣の袖で隠れているが恐らく——指差した。

「ほらな！」

「いや何がだよ……」

ドヤ顔を向けられた狐は言いながらも、どこかホッとした様子だ。

それから肩をすくめて、

「ま、幹部連中含めて最多文字数の盟主サンに言われちゃしょうがねぇ」

「…………」

「ん？」

黙りこくる最多文字数。

その真っ白な肌にあって、耳だけが仄かに赤く色づいていた。

ミオンが何か言うより先に、

「この歳になると流石に、その、ちょっと恥ずかしいですが……」

〈不死鳥〉はすっと口元を隠した。

ミオンはしらーっとした目で見る。

「この歳ってオマエ、吾と大して変わんねえだろ……」

「――ふたりのばかああああ!!」

ツクモはヤケ気味に部屋の隅にあるベッドに飛び込んだ。


ツクモを宥めた大人ふたりが工房の扉の前で別れる直前。

「そういえば、盟主サンよ」

「はい？」

ミオンが、くいっと自らの顎を上向けた。

「今日は眼、閉じてんだな」

ミオンが相手の美貌に目をやっても、両者の視線が合うことはない。

盟主の黒い瞳は白い瞼によって覆い隠され、閉ざされたまま。

彼女は淡く微笑んだ。

「違いますよ」

「ん？」

「前回の会議で眼を開けていたのが、特別だったんです」

〈不死鳥〉の微笑が深まる。

「だからそう、今日も眼を閉じているというのが正確かと」

「んー、まあ、そうだな」

「それでは」

言うなり、踵を返して歩き去っていく。

そんな盟主の背を見ながら、ミオンは煙管で手遊びした。

「別に詮索じゃなくて、ただの雑談だったんだが……日頃の行いかねぇ」

女狐か狼少年か、それくらいはハッキリさせとくべきだったかもな、とミオンは苦笑した。

またたびルイ

「ううう……っ、どうしてワタシがこんなこと……！」

雨剣ルイは絶賛、窮地に立たされていた。

【循守の白天秤(プリム・リーブラ)】第十支部上層に設けられた寮の自室。

今までロクに使ったこともないような姿見の前にて、彼女はいま右手のパーカー＋ショートパンツ（普段着）と左手の全身(トータル)コーデ（碌に着たこともない）を見比べているところだった。

——元はと言えば、あの男のせいだ……！

激動の〝第十支部見学会〟を終えた、つい先日のことである。

『今週末、会えないかな？』

突然かかってきた電話から垂れ流された妄言にルイは「いやよ」と答えようとした。

「なぜかしら？」

しかし彼女の口は、なぜか想定とは別の答えを返してしまう。

言ってしまってから、ルイは柳眉を歪める。

これではまるで理由さえ整っていればホイホイ付いていってしまう軽い女のようではないか。

今までの人生で、自分は常に人と距離を置いてきた（ヒナタ以外）。

決して一匹狼を気取ってたわけではないが、他人と馴れ合うのには忌避感を抱いてきた（ヒナタ以外）。

そんな自分である。たかが一ヶ月前に初めて会ったような相手、しかも異性と二人きりで出かけるほど手軽(チョロい)な女ではないのだ！

相手の返答にかかわらず、断り文句を突き返そうと決め、

『養成学校（スクール）時代のヒナタちゃんの話が聞きたいんだ』

「行くわ」

というわけで、ルイは無事かつての宿敵・指宿（いぶすき）イブキと共に出かけることになった。

――あの男、なんて巧妙な罠を仕掛けてきたのかしら！

内心、ヒナタを餌に自分を釣り出しにきたイブキの手腕に舌を巻きながら……。

光陰矢の如し。

あっという間にやってきた金曜日、デー……布教活動（オタク語り）は明日にまで迫っていた。

「どうしてワタシが……！」

今朝方まではいつも通り灰地のパーカーにショートパンツ、スニーカーとラフな格好でいくつもりだったのだ。

しかし学校を終え見回りで街中に出たルイの目についたのは、オシャレな格好をした男女の群れ。

それはそうだ。なにせ桜邑（おうら）はかつての副都心・新宿の後身。

そんな場所に適当な格好で来る人間はそう多くない。

一時間、二時間、三時間と彼ら彼女らを見ているうちにルイはすっかり不安になっていた。

――ワタシ、明日はどんな格好で行けばいいのかしら……？

彼女の半生でついぞ抱いたことのなかった感情が、十五歳のいたいけな少女の胸に渦巻き始める。

帰宅と同時に慌ててクローゼットを開けた彼女の前には、ハンガーに掛けられた服の壁。

洋服選びが好きな親友の手によって着せ替え人形にされがちだったルイは、本人の飾り気のなさに反して大量の服を持っていた。

しかし、ほぼ全てが一度しか袖を通したことのないもので、流行も何もワカラナイ。

三時間以上かけて最終的に選び抜いたのは、ブラウスとロングスカート、薄手のテーラードジャケットに編み上げブーツの落ち着いた印象のトータルコーディネート。

普段の自分では絶対に着ることのない格好に怖気付いたルイは普段の格好へと逃げ帰り……しばらく時間を置いて、ちょっと勇気が出てきたらもう一度自分の身体に合わせてみる。しかしやはり怖気付き……と、かれこれ一時間以上もこの流れを繰り返していた。

「うう～！　もういいわ！　いつもの格好で行くから！」

こうして第十支部が誇る美姫は爆発した。


「ごめんなさい。ギリギリになったわ……！」

次の日の待ち合わせ場所。

自分の目の前に立つ隔絶した美人を前に、イブキはきょとんとした表情を浮かべた。

髪色は確かに自分の待ち人と同じ、抜けるようなスカイブルー。けれど、腰までの長髪は三つ編みにされ、右肩から前に流されていた。

ところどころ装飾されたブラウスとしっかりした生地のロングスカートを合わせ、薄手のテーラードジャケットを肩に羽織っている。くるぶしまでの編み上げブーツを含めて足元まで油断がない。

なにより、彼女の美貌は銀縁の眼鏡によって普段より一層、知的な雰囲気を醸し出している。

「………え、ルイ、さん……？」

思わず年下を「さん」付けで呼んでしまうくらいには大人びている。

「なにかしら？」

「なんか今日、お洒落だね……」

呆然と述べられた感想に、ルイは無表情を装った。

「……。人混みに紛れるためのカモフラージュよ」

「そ、そっか。すごく似合ってると思う」

「どうも」

しれっと答えながら、ハンドバッグをぶら下げた両手を背後に回す。

まるで自分の格好を見せつけるかのようである。

「えーと、普段見ない感じの格好だけど、新しく買ったの？」

「いえ、元々持っていたのよ。普段は雑な格好をしているけれど、今日はカモフラージュのために引っ張り出してきたの」

「わざわざ、ありがとう」

「いえ、カモフラージュのためだから」

「カモフラージュへの執念がすごい……」

まあ、今日行く場所を考えれば当然か、とイブキは納得する。

「それじゃあ入ろうか――――動物園」

ヒナタについて語るのは全くもってやぶさかではない。しかし問題は会う場所である。

見学会が終わってすぐに二人きりで会った時は原宿だった。人混みの中に紛れ込めば目立たないのではないか、というイブキの天才的な発想に由来する。

今回も発想自体はそれと同じ。

すなわち――デートっぽいところに行けば正義と悪がオタク会議しているとは思われないんじゃないか、という理論だった。

イブキからそれを聞かされたルイは思った。

この男、ひょっとしたら天才かもしれない、と。

……確かに敵対組織の二人とは思われないかもしれないが普通にカップルが動物園にデートしにきたと思われるだけでは？　と彼女が気づくのは、この動物園デートから一週間後のことである。

というわけで本日の雨剣ルイはまだ自分たちが周りからどう見られるかについて気がついていない。

「うわ、何あのカップル」

「び、美男美女なんて言葉じゃ足りないよ……」

「顔面が、強すぎる………」

前回の原宿と同じく、いつもより視線が減っている気すらして微妙に上機嫌なほどだ（もちろん視線が二人に分散しているだけ）。

しかし、そのルンルン気分も動物園に入園するまでのことであった。

「…………」

「…………」

イブキとルイの二人は鳥の檻の前にて立ち尽くしていた。

前者は気まずそうに、後者は憮然とした表情で。

「「ギャー！　ギャー！」」

眼前の金網は一面、鳥で埋め尽くされている。もはや鳥の壁。

彼らの矛先はイブキではなく、お隣に並ぶルイだ。

理由は、ルイの代償（アンブラ）。

『魅了』の効力は、決して人だけに留まらない。

（そういえば『わたゆめ』の公式ファンブックには「無機物を自在に操る代償として生物全般に好かれる」って書いてあったな……）

前世の記憶を引っ張り出し、遠い目をするイブキ。

つい一ヶ月ほど前、ヒナタと百年祭に行く時に猫と戯れた一幕があったが、あの時のヒナタも「ルイちゃんが動物に好かれすぎるから自分の方には回ってこないんです……」と嘆いていたことも思い出す。

（哀れ、ヒナタちゃん）

目の前の鳥地獄は、一週間餌をやらずにいた猛禽類の群れにA5和牛を投げ込んだ感じ。

某名作パニック映画もかくやというこの光景を見れば、普段の彼女たちが動物とどんな風に関わっているかもお察しというものだ。

きっと、好かれすぎるルイの横で物欲しげにしているヒナタが見られるに違いない。……もちろん言葉通りの意味である。意味深(食欲)ではない。

ちなみに鳥の種類は九官鳥である。

「ビジン！　ビジン！」

「キレイ！　キレイ！」

鳥なので人語は解さないはずだ。……たぶん。

「こ、こんな感じになるんだね……あはは……」

ルイが自分の代償(アンブラ)を心底嫌っていることを知っているイブキは、ポジティブともネガティブとも取れない微妙な反応をする。

「………………」

ルイは美貌を歪めて、口をへの字に曲げている。それでも美しいのだから一周回って感心してしまう。

「……他の所へいきましょう」

「……うん」

ふいっと檻から目を離して歩き始めるルイを追いかけるイブキ。

「マッテ！　ビジン！」

「あいつら本当に分かってないんだよな……？」

――と、その程度で終わればよかったのだが。

「ウホッ！　ウホッ！」

「…………」

「…………」

ゴリラの前を通りがかればガラス越しにドラミングと恋鳴きをくらい、

「ブフーッ！」

「…………」

「…………」

シロクマの囲いの傍に行けば水を泳ぎながら、首をもたげて壁際で口を寄せられそうになり、

「バオッ！」

「…………」

「…………」

象の檻から伸ばされる鼻を天翼の守護者（エクスシア）としての身体能力を如何なく発揮して掻い潜りながら走り抜ける。

「はあっ、はあ……っ。なんだこのテーマパークみたいな動物園……！」

「……ごめんなさい」

「へ？」

膝をついていたイブキが横を見ると、片腕に手をやって申し訳なさそうな表情をしたルイが所在無げに佇んでいた。

「ち、ちがうちがう！」

イブキは跳ね起きると慌てて首を振って否定する。

「正直――めっちゃ楽しいよ！」

「……え？」

想像の斜め上の反応に、ルイは困ったように首を傾げる。

「たのしい？」

「うん。こんな動物園は初めてだから」

「――。そう」

ルイは一瞬驚いた表情になってから、静かに相槌を打ち、それから美しくも乾ききった笑顔を浮かべた。

「昔、小学校の修学旅行で動物園に来た時にね……」

「うん。……ああ」

「ええ……」

言われるまでもなく察するイブキ。

きっと近距離で展開される地獄絵図は小学生たちに消えぬトラウマを残したことだろう……。

「あれ、行ってみる?」

イブキはそれを指差した。

思わず見惚れかけ、泳がせた彼の視線に、とある看板が飛び込んできた。

「………っ」

少女はふわりと微笑んだ。

「こういうのも、悪くないのかもしれないわね」

サファイアのように澄んだ瞳が、ついっと青年を捉える。

「まあ、でも」


「――……」

ルイは今、ふわふわのカーペットに膝を品よく畳んで座っていた。

そして彼女の周りに、

「にゃー、にゃー!」

「にゃお~」

「にゃあ!」

夥しいまでの猫、猫、猫。

先ほどイブキが見つけたのは、所謂(いわゆる)ふれあいスペースだった。

ふれあいスペースと題されてはいたが、飲み物も買えるという場所の特性上、猫カフェと大差な

い。その中央で、

「…………」

またたびに集まるように猫が美少女に群がっている。

その傍で苦笑しながらそれを見ているのはイブキだ。

店のほぼ全猫がルイに集まってしまって最初は少し焦ったものだったが、周りを見ればほぼ全客が猫山の主（ヒロイン）に見惚れていたので心配を放棄した。

「本当に、こんな感じになるとはね……」

膝の上、両肩、背中、地に置いた手の上など、猫が全身を擦り付けにきている。

肝心のまたたび（ヒロイン）はと言えば、

「————」

完全に固まっていた。

ここまでの動物園巡りでイブキも察していたが、彼女は動物があまり好きではないらしい。

けれど、この猫カフェ（的ふれあいスペース）においては、イブキにも妙案があった。

——この猫、ヒナタちゃんに似てない？

ルイの耳元で一言、それを囁いただけ。

しかし反応は劇的だった。

ルイの目は自分の膝の上に乗る茶色い毛並みの一匹に釘付けになっていた。

（ふふ、この茶色い毛並みを見ればヒナタちゃんを思い出すに決まっているんだ。せっかくの動物園ならルイにも楽しんでほしいもんね！）

と、ご満悦でにっこり笑うイブキ。その足元に近づく影。

「……ん？」

見れば、イブキの足元に一匹だけ、白い毛並みに水色の目を持つラグドールがいた。

その猫はじっとイブキを見上げている。しゃがみ込んで撫でてみれば、喉を鳴らして手に頭を擦り付けてきた。

「かわいいな、君……！」

この時、撫でるのに没頭し始めた青年を見つめる瞳はもう一対あった。

「…………」

ルイである。彼女は先ほどイブキの落としていった悪魔の囁きによって動きを完全に縛られていた。なぜなら彼女は、

（ヒナに似てる猫なんて、振り解けないじゃない……！）

さすがルイも認めるオタクなだけあって、イブキの見立て通りその猫はヒナタに似ていた。

ここで初めて、ルイは動物を人に例えることによって動物嫌いを克服すると手段を知る。

まあもちろん完全に克復したわけではないのだが、ここでイブキにも想定外の事態が起こっていた。

先ほどからルイの目の前でイブキに可愛がられているラグドール。

（………なんだか、こう――ワタシに似てない……!?）

そう。白い毛並みは普段のルイの普段着や隊服姿を思わせ、その青い瞳に至ってはほぼ同色である。

そんな猫が、

「かわいいな～」

イブキに、撫でられている。

そう思った瞬間。

「～～～っ!!」

ルイの顔がゆでダコのように上気した。

しかしヒナタ似の猫に膝を制圧されているルイは、顔を目の前の光景から逸らすことができない。

「よしよし～」

顎の下を撫でられているラグドールを見つめながら、ぞわぞわと背筋を駆け上がってくる不思議な心地を真正面から受け止めるしかない。

「ぁう……あ……、～～～っ」

しかたなく、ぎゅうっと目を瞑る。

それから数分間にわたって耳に届く猫撫で声。

闇に閉ざされた視界の中で、ルイは自分の前で何が起こっているのかの妄想を必死で振り払いながら、それを聞かされ続けた。

その後、顔色の良くなったイブキと疲れ果てたルイは動物園を存分に（？）楽しんだのだった。

そういえばヒナ（ヒナタちゃん）の話をしてない！　と、ルイとイブキが気がつくのは数日後のことである。

あとがき

前回あとがきを謝辞で埋め尽くした僕はこう思っておりました。

「なんだ、あとがきってめちゃくちゃ書けるじゃん」

結論としましては、こうして出鼻から反省会をする程度には書くことが思い浮かばず困っております（汗）

そもそも書きたいことは本編で書き終えているし、できたものについて物語の外側で喋るのもナンセンスな気がする。でも、だからといって、僕の身辺について話して面白いことなんて何もないし。……あれ？　ひょっとして書くことない？

と　い　う　わ　け　で　謝　辞　で　す　。

となった途端、書きたいことが沢山湧いてまいりました。なんだこれ。

まず、読者の皆さまに感謝を。一巻発売後、沢山の購入報告&感想ツイー……ポストを拝見しました。結構な長文もありました。一応、文章を書いてる身ですから、文章を書くのにどれほどのカロリーを消費するかは存じているつもりです。それだけの〝熱〟を誰かに伝えられたこと、とても嬉しく思います。無論、今、この文章を読んでくださっている貴方にも、です。

二巻ですから、一巻を読んで面白いと感じた方が手に取ってくださっているのだと思います。そう感じていただけたことにも、やはり同じだけの喜びを覚えております。

ちょっと身辺に逸れますが、我が個性的な知人ズもありがとうございます。とち狂って三冊も買ってくれて自分で困惑してた君（しっかりTOブックスストア様で購入して特典SSまで集めていたのは引きました）とか、本屋さんや買った書籍の写真をこれでもかと送ってくれた全国津々浦々の君たちとか、ラノベを読んだこともないのに購入&読破してくださった方々とか……。冗談抜きで、五体投地で御礼申し上げます。

前巻に引き続きイラストを担当してくださった、しんいし先生にも特大の感謝を。新キャラ二人のデザインは言わずもがな、本編では事あるごとにルイを美人美人と描写していますが、先生の美麗なイラストのおかげでその言葉に偽りなくお届けできていると思います。しかも今巻、挿絵のルイの衣装が四枚とも違う！　こんな豪華でいいの⁉　と震えるばかりです。と言っておいてなんですが、作者一番のお気に入りはブチ切れヒナタです（笑）

そして、いつもお世話になっております担当様。早い段階で書籍のお話をいただいていた関係上、二章のプロットの段階から頭ごちゃごちゃな作者に手を差し伸べてくださり、ありがとうございました。おかげさまで「二巻」という形で世に送り出せること、本当に嬉しく思います。

というわけで、以上。……謝辞の中でしっかり物語についても身辺についても触れてたな。締まらない締めにお付き合いいただき、ありがとうございました。土岐丘でした。

テレ東・BSテレ東・AT-Xほかにて
TVアニメ絶賛放送中！

［NOVELS］

原作小説

第⑦巻

2024年
5/20
発売！

［著］紅月シン
［イラスト］ちょこ庵

［COMICS］

※8巻書影

コミックス

第⑨巻

2024年
6/15
発売！

［原作］紅月シン ［漫画］鳥間ル
［構成］和久ゆみ
［キャラクター原案］ちょこ庵

［TO JUNIOR-BUNKO］

TOジュニア文庫

第③巻

2024年
6/1
発売！

［作］紅月シン ［絵］柚希きひろ
［キャラクター原案］ちょこ庵

［放送情報］

※放送日時は予告なく変更となる場合がございます。

テレ東
毎週月曜 深夜26時00分～

BSテレ東
毎週水曜 深夜24時30分～

AT-X
毎週火曜 21時30分～
（リピート放送 毎週木曜9時30分～／
毎週月曜15時30分～）

U-NEXT・アニメ放題では
最新話が地上波より1週間早くみられる！
ほか各配信サービスでも絶賛配信中！

STAFF

原作：紅月シン『出来損ないと呼ばれた元英雄は、実家から追放されたので好き勝手に生きることにした』（TOブックス刊）
原作イラスト：ちょこ庵
漫画：鳥間ル
監督：古賀一臣
シリーズ構成：池田臨太郎
脚本：大草芳樹
キャラクターデザイン・総作画監督：細田沙織
美術監督：渡辺 紳
撮影監督：武原健二　坂井慎太郎
色彩設計：のぼりはるこ
編集：大岩根力斗
音響監督：高桑 一
音響効果：和田俊也（スワラ・プロ）
音響制作：TOブックス
音楽：羽岡 佳
音楽制作：キングレコード
アニメーション制作：
スタジオディーン×マーヴィージャック
オープニング主題歌：蒼井翔太「EVOLVE」
エンディング主題歌：愛美「メリトクラシー」

CAST

アレン：蒼井翔太
リーズ：栗坂南美
アンリエット：鬼頭明里
ノエル：雨宮 天
ミレーヌ：愛美
ベアトリス：潘めぐみ
アキラ：伊瀬茉莉也
クレイグ：子安武人
ブレット：逢坂良太
カーティス：子安光樹

© 紅月シン・TOブックス／出来そこ製作委員会

（紙＋電子）

ちょっと気弱で間が悪い…

ローゼマインの就任式から
季節が変わり、
貴族院へ赴く冬がやって来た。
貴族院五年生となった
ダンケルフェルガーの
領主候補生・ハンネローレは
婚約者を選ぶことに。
やがて続々と現れる候補達。
それは「縁結びの女神の握る糸」がもたらす
波乱の幕開けだった――

ジギスヴァルト
新領地のアウブが
まさかの求婚!?

オルトヴィーン
私が貴女の闇の神に
なることを望んでも
よろしいですか?

ヴィルフリート
シュルーメの花が見えるのは
どこの東屋だ?

ラザンタルク
戦いに出るようになった
貴女と共に戦いたい

ケントリプス
泣き虫姫を守らなければ、
と思っていました

発売予定!

詳しくは原作公式HPへ
tobooks.jp/booklove

ローゼマイン様にご相談するのです！
ハンネローレ様、ご無事ですか⁉
本好きの下剋上
外伝
ハンネローレの貴族院五年生Ⅰ
香月美夜 イラスト：椎名 優
miya kazuki
you shiina
2024年夏

本がなければ作ればいい――

原作小説
（本編通巻全33巻）

第一部
兵士の娘
（全3巻）

第二部
神殿の巫女見習い
（全4巻）

第三部
領主の養女
（全5巻）

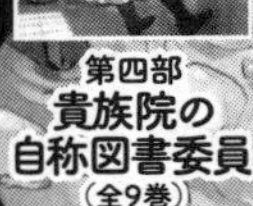

第四部
貴族院の自称図書委員
（全9巻）

決定！

ありがとう、本好き！
シリーズ累計
1000万部突破！（電子書籍を含む）

アニメーション制作：WIT STUDIO

TOジュニア文庫

コミックス

第一部
本がないなら作ればいい！
（漫画：鈴華）

第二部
本のためなら巫女になる！
（漫画：鈴華）

第三部
領地に本を広げよう！
（漫画：波野涼）

第四部
貴族院の図書館を救いたい！
（漫画：勝木光）

第五部
女神の化身
（全12巻）

夢物語では終わらせない
ビブリア・ファンタジー

ふぁんぶっく
1～8巻

ドラマCD
1～10

ミニマイングッズ
椎名優描き下ろし

第三部「領主の養女」
アニメ化

本好きの下剋上
司書になるためには
手段を選んでいられません
香月美夜
miya kazuki
イラスト：椎名 優
you shiina

Story
とある女子大生が転生したのは、識字率が低くて本が少ない世界の兵士の娘。いくら読みたくても周りに本なんてあるはずない。本がないならどうする？　作ってしまえばいいじゃない！
兵士の娘、神殿の巫女、領主の養女、王の養女——次第に立場が変わっても彼女の想いは変わらない。
本好きのための、本好きに捧ぐ、ビブリア・ファンタジー！

詳しくは原作公式HPへ
https://www.tobooks.jp/booklove

推しの敵になったので２

2024年5月1日　第1刷発行

著　者　土岐丘しゅろ

発行者　本田武市

発行所　TOブックス
〒150-0002
東京都渋谷区渋谷三丁目1番1号　PMO渋谷Ⅱ　11階
TEL 0120-933-772（営業フリーダイヤル）
FAX 050-3156-0508

印刷・製本　中央精版印刷株式会社

本書の内容の一部、または全部を無断で複写・複製することは、法律で認められた場合を除き、著作権の侵害となります。

落丁・乱丁本は小社までお送りください。小社送料負担でお取替えいたします。

定価はカバーに記載されています。

ISBN978-4-86794-146-1
©2024 Syuro Tokioka
Printed in Japan